みつばの郵便屋さん
階下の君は

小野寺史宜

ポプラ文庫

Mitsuba's
Postman6
Onodera Fuminori

contents

小野寺史宜

みつばの郵便屋さん

Mitsuba's Postman

Onodera Fuminori

階下の君は

階下の君は

「いやぁ、動かなかったねぇ」

「そうですね」

「今年度もよろしく」

「こちらこそ」

小松敏也課長と僕。そろそろ異動があるかも、と思われた二人だ。小松課長はみつば局八年めで、僕は七年め。どちらも声はかからなかった。

四月一日は、毎年何だかんだで緊張する。が、それも初めの数分。異動がないとわかればただの一日に戻る。

異動するときはいきなりだ。配達員の場合は、いきなり知らない局へ行き、いきなり知らない町で配達する。

初めの二日か三日は通区に充てる。慣れた人のあとにつき、配達コースをまわるのだ。途中途中で細かな注意点などを教えてもらう。このお宅には郵便受けが二つあるが入れるのはこちら、とか、この犬は吠えないように見せて吠えるから要警戒、とか。

僕はこのみつば局がまだ二局め。だから通区をしてもらった経験も二度。その二度めがもう六年前。懐かしい。

ともかく僕は異動しなかった。が、最初に配属された局で一緒だった藤沢くんが異動してきた。同期の藤沢大和くん。名前を聞いてすぐにわかった。

一緒ではあったが、藤沢くんは郵便課で、僕は集配課。そう親しかったわけではない。食堂や休憩所で会えば少し話をした、という程度。

今同じ班の筒井美郷さんにもそんな知り合いがいる。去年の四月に異動してきた梅原多穂さん。窓口の人なので、僕はほとんど知らない。

みつば局は五局めの谷英樹さんにはもっといる。同じく窓口の畑中杏さんほか三、四人。そのなかで唯一僕も話したことがあった小宮修一さんは、今日まさによその局へと異動していった。

組織のなかで、人はそんなふうに動く。自分たちの意思とは無関係に、別れたり、再会したりする。僕自身が再会するのは、藤沢くんが初めてだ。

異動の目安は五年。あくまでも、目安。三年で動く人もいれば、十年動かない人もいる。僕は六年動いてない。

ただ、ひとつ落ちついたというか何というか、時間は経ったと感じる。かつて一緒だった人とまた別の局で一緒になる。離れ、また出会う。それだけの年月が過ぎたということなのだ。今年で僕も三十になるからか、ちょっと揺すられる。

と、まあ、一人勝手に揺すられながら配達カバンに郵便物を詰めていたら、近くで同じことをしていた谷さんに言われる。

「平本みたいに好かれるやつは、やっぱ異動しねえんだな」

「そんな理由で異動しないわけじゃないですよ。というか、別に好かれてもないですよ」

「いや、好かれてるだろ。平本が好かれなかったら誰が好かれんだよ。好かれるやつなんて世の中に一人もいなくなんぞ」

やはり近くで作業をしていた美郷さんが言う。

「すごいほめ方！　もう、おれも平本が好きって言っちゃってるし」

「言ってねえよ」

「言ってますよ」

「言ってるか？　平本」

「ちょっと、言ってますね」

「それは気持ちわりぃな。じゃあ、今のなし」

谷さんと美郷さんはいつもこんなだ。実は付き合っている。美郷さんは僕の同期だから、谷さんより四歳下。初めは敬語で話していたが、いつの間にかほぼタメ口になった。

「でもさ」と美郷さん。「あながち的外れでもないかもね」

「何が？」と谷さん。

「平本くんが異動しない件」

「どういうこと？」とこれは僕。

「平本くんが好かれてるのはまちがいないけど。理由はそれだけじゃないかも。平本くんが春行（はるゆき）の弟であることも関係してるんじゃない？　だって、異動させたら大変でしょ。春行そっくりの顔をした人がいきなり配達をしだすんだから。騒ぎになるよ。SNSで広まったりもするだろうし」

春行は僕の兄。タレントだ。双子ではない。年子。でも顔はよく似ている。とよく言われる。

「だから異動させないってことか？」と谷さんが尋ねる。

「そう。それがわたしの考える、平本くんみつば局専従説」

「あり得るな」

「いや、ないですよ」と僕は言う。「それはこの蜜葉（みつば）でも同じじゃないですか。今だって、初めて会う人はたくさんいるわけだし。SNSで広まるなら、ここでも広まってますよ」

「じゃあ、今日も、騒ぎを巻き起こしてこいよ」と谷さんが言い、

「適度にね」と美郷さんも言う。

各自配達に出発。新年度、スタート。

四月。その言葉は大いに春を感じさせるが、バイク乗りにはまだ寒い。一日の最高気温は二十度に届かず、最低気温は十度を切りもする。だからまだ防寒着を着ている。

この日の配達はみつば二区。アパートやマンションなどの集合住宅が多い区だ。市役所や大型スーパーもある。内科や歯科などの医院もある。交番もある。そう。交番。僕は配達で訪ねたそのみつば駅前交番でも異動があったことを知った。

六年も配達をしていると、交番のお巡りさんとも顔見知りになる。そこにはいつもどおり、三十すぎぐらいの池上早真さんがいた。その隣にもう一人。知らない人もいた。

「こんにちは。郵便です」

「ご苦労さま」と池上さん。「郵便屋さん。新しい人」

「そうですか。初めまして」

「どうも。今日からここに詰めさせてもらいます。ミナミカワです」

南川昇一さん、だという。四十代半ばぐらい。お巡りさんにしては腰の低そうな人だ。

そして池上さんが南川さんに僕を紹介した。

「こちらは平本さん。去年、空巣に出くわして通報してくれた人ですよ」

「え、そうなの？」

去年そんなことがあった。みつばの隣、三区の四葉で、空巣を目撃したのだ。空巣が窓ガラスを割って家に侵入するまさにその瞬間を。

それでもまだ空巣と確信を持てなかったので、僕は無謀にもそのお宅を訪問した。そしてやっと確信し、通報した。パトカー二台でお巡りさんが来てくれた。あれこれ訊かれ、答えた。翌日には、局に刑事さんも来た。

池上さんの説明を聞き、南川さんは言った。

「もしまた見たら、今度は即通報をお願いします」

「通報はしますけど。できればもう見たくないです」

そして池上さんが僕に言った。

「でさ、中塚さんが出ちゃったよ」

「え？　そうなんですか」

「うん。よそに行った。春行によろしくと言ってたよ」

「それはうれしいです」

中塚等さんとは、配達中に拾ったクレジットカードを届けたことで、話すようになった。中塚さんは僕を春行と呼んだ。弟だと知っていたからではない。単に顔が似てるからだ。中塚さんの、おぅ、春行、が聞けなくなったのは、ちょっとさびしい。


そう思っていたら、南川さんが言った。

「郵便屋さん、あの人に似てない?」

あの人が誰を指すのかの確認もせずに、池上さんが言った。

「似てます」

その日の配達は順調に終わった。

中塚さんの異動は残念。でも一方ではうれしいニュースもあった。人の異動ではない。増加。誕生。

午前中に配達したマンション、みつばベイサイドコート。そのA棟一〇二号室に住む瀬戸夫妻に子どもができたというのだ。

午後の配達中に友人のセトッチからＬＩＮＥのメッセージが来ていたことに、帰局してから気づいた。

〈未佳妊娠〉

それだけ。

すぐに返信しようかと思ったが、とどまった。そんな大事なことへのおめでとうをＬＩＮＥで言うのも気が引けたのだ。僕は郵便屋。何なら手紙を出したいくらい。でもそれだと到着が明日になってしまうので、夜、家に帰ってから電話をかけた。

セトッチのもしもしへの返事のもしもしは省き。

「おめでとう」

「ありがとう。何か悪かったな、ＬＩＮＥで。電話しようかと思ったけど、仕事中だろうとも思ってさ」

「いつわかったの？」

「一昨日。一日寝かせて、というか自分のなかで噛みしめて、連絡。親の次が秋宏だよ。会社より先」

「予定日はいつ？」

「十一月」

「未佳さんは、どんな？」

「喜んでるよ」

「体はだいじょうぶ？」

「つわりはちょっと来てるけど、喜びがあるからだいじょうぶだと本人は言ってる。今、替わるよ。そこにいるから」

替わって出てきた未佳さんにも言った。やはりもしもしは省いて。

「おめでとう」

「ありがとう」

「福江ちゃんには？」

「言った」

福江ちゃん。春行のカノジョにして同じくタレントの百波だ。未佳さんの友人でもある。

「でも電話がつながらないから、ＬＩＮＥで。今は撮影中で忙しいみたい」

「そうか。体、気をつけてね」

「うん」

二人との通話を終えたあとも、いい気分は続いた。

翌日も続いた。僕はただただいい気分で配達した。

この日の配達はみつば一区。昨日の二区の隣。みつば一丁目と二丁目。市役所通りの北側だ。

こちらは一戸建てが多い。マンションは、ベイサイドコートと同じ二棟建てのものが一つあるだけ。アパートは七つ。僕が来たころは六つだったが、ハニーデューみつばが建てられ、七つになった。

ハニーデュー＝蜜。蜜みつば。そこには出口愛加(でぐちあいか)ちゃんが住んでいる。僕の初恋の人だ。去年転入した。もちろん、たまたまだ。今さらどうこうはない。まったくない。どうこうなりようがないのだ。このみつば一区には僕のカノジョも住んでるから。

二丁目のカーサみつば。それがカノジョである三好(みよし)たまきの住むアパートだ。ワンルーム。一階二階に各四室で、計八室。たまきは二階。二〇一号室。だからみつば一区を担当する日は、自分でカノジョの郵便物を配達することになる。

その際に顔を合わせたりはしない。郵便物があればドアポストに入れるだけ。なければ部屋の前までも行かない。

郵便よりは宅配便のほうが多く来るみたいだ。たまきは翻訳の仕事をしているので、その原稿や資料が届くらしい。

配達区に自分のカノジョがいる。初めは妙な感じがしたが、じき慣れた。カノジョはカノジョ、受取人さんは受取人さん。その二つが重なっても、混同はしない。

今日はたまき宛の郵便物はないが、その真下、一〇一号室へのそれがある。横尾(よこお)成吾(せいご)様宛の書留(かきとめ)だ。

ワンルームのアパートに住むのは若い人が多いから、書留は少ない。横尾さんへはたまに来る。実際、若くない。たぶん、四十代半ば。髪をかなり短めの丸刈りにしている。そして平日でもたいてい部屋にいてくれる。

こちらとしてはたすかる。不在通知を書くのは結構な手間なのだ。時間にすれば一分にもならないが、積み重なると大きい。特に雨の日は大変。濡れた手でペンを取りだし、紙に文字を書かなければならない。

午後一時すぎ。ウィンウォーン、とまずはインタホンのチャイムを鳴らす。

横尾さんの場合、受話器での応対はない。いつもいきなり玄関のドアが開く。相手を確かめずに出ているのではなく、郵便屋だとわかってるから出ているのだと思う。アパートの前の駐車スペースにバイクが駐まる音で認識しているのだ。たぶん。

今日もいきなりドアを開けてくれた横尾さんに言う。

「こんにちは。郵便局です。書留が来てますので、ご印鑑をお願いします」

「ちょっと待って」

横尾さんはドアを閉め、五秒ほどでまた開ける。朱肉につけた印鑑を手にしている。

「ではこちらに」と捺印（なついん）位置を指先で示す。

「はい」と横尾さんがそこに捺（お）してくれる。

配達証をはがし、書留を渡す。書留で来るのはクレジットカードなどが多いが、その類ではない。封書のどこにも厚みはない。

「どうも。ありがとうございます」と横尾さんは後半を早口で言う。

「ありがとうございました」と返し、去ろうとする。

が、こう言われる。

「あ、ねぇ、郵便屋さん」

「はい」

「訊いてもいいかな」

「どうぞ。何でしょう」

「ちょっと出るわ」

そう言うと、横尾さんはサンダルをきちんと履いて外に出る。

てっきり郵便のことを訊かれるのだと思った。微妙にちがった。

「今のこれとかって、ハンコが必要じゃない」

「そうですね。書留やゆうパックは、お渡しするときにご署名かご捺印を頂きます」

「なしでいいってこと、ある？」

「どちらも頂かずにものをお渡しする、ということですか？」

「そう。それなしでドアポストに入れちゃう、とか」

「ないと思いますけど」言い直す。「ないですね」

「だよね。もらわなくていいはずがないもんね」

　いやな予感。自ら訊いてみる。

「そういったことが、ありましたか？」

「いや、そうじゃない。少なくとも郵便局さんではない」横尾さんは説明する。「実はさ、前に一度、ほかの業者さんにそうされたことがあるんだよね。帰ってきたら、入れられてた」

「入る大きさのものではあったんですね」

「うん。何だったかはもう忘れちゃったけど、書類。大事なものではあったから、先方が宅配便で送ってくれたの。で、そうなってたわけ。だからさ、ものをよく見たんだよね。ハンコはいらないやつなのかと思って。でもやっぱり捺すとこがある。どういうことなんだろうって、考えちゃったよ」

　僕も考えてみる。わからない。

「封筒自体が大きめで、ドアポストにギリ入る感じだったの。角をガリガリッとやれば入るっていう。入るからいいと思ったのかな」

　それには返事ができない。他社のサービスに関すること。下手なことは言えない。

「入るから入れよう。ハンコはもらわなくていい。そういうものでは、ないよね？」

「と思います。捺印が必要なものなら」

「配達する側も、マズいもんね」

「そうですね。配達した時間なんかも記録されますし」

「もうだいぶ時間は経っちゃってるんだけどさ。ハンコを捺す欄、あったと思うんだよなぁ。あるのにそれ？　って驚いたことは覚えてるから」

うーん、と横尾さんは考える。

うーん、と僕も考える。

「横尾のハンコを持ってることはないだろうから、受取のサインを、自分で書いちゃったのかなぁ」

「どう、なんでしょう」

「そうしたってわかんないよね。筆跡鑑定なんかをすればわかるのかもしんないけど。ものが届いてるのにそこまではしないだろうし」

もし本当にそうなら。配達員にとってリスクはとても大きい。ハイリスクほぼノーリターン、だ。一つの荷物の配達を終えることができた。それだけ。不審に思った受取人さんに苦情の電話を入れられる可能性はかなり高い。

「と言っといてこう言うのも何だけど。結果的にはよかったのよ。再配達の手間は省けたから。でもちょっと不思議に思っちゃってさ。おれの知らない仕組みが何かあるのかとも思って。それで郵便屋さんに訊いてみたわけ。その会社さんに直接訊くと、クレームみたいになっちゃうから。ごめんね、足止めを食わせちゃって」

「いえ、それはかまいません。すいません。他社さんのことはよくわからないです。もしかしたら実際にそういう仕組みがあるのかもしれませんし」

「そうだよね。郵便屋さんにわかるわけないよな。いや、ほんとにさ、その業者さんに悪い印象があるわけではまったくないのよ。午前配達とか、いつも時間を守ってちゃんとやってくれるし。ルート的にたまたまそうなのか、この辺はいつも午前ぎりぎりなんだよね。でも絶対に遅れない。すごいなと思うよ。おかげでさ、おれ、午前配達で荷物が来るとわかってる日でも、十一時半までは部屋を空けてられるようになったからね」

「それは、すごいですね」

「ただ、一度、十一時半前に来られちゃったことがあってさ。おれ不在で、再配達。来てくれたときに謝ったよ」

「謝ったんですか?」

「うん。何か謝っちゃうよね、二度手間かけてすいませんて。ウチ、荷物は結構来るんだけど、出版社は事前に連絡をくれないで送ってくることもあってさ。わかってればその時間帯にいるんだけど、そうじゃないと散歩とかに出ちゃうんだよね。

で、帰ったら不在通知が入ってて、うわっと思う。配達員さんに謝っちゃう」

確かに、そういう受取人さんもいる。いなくてごめんなさいと謝ってくれる。こちらが恐縮してしまう。

「不在通知は郵便局さんも入れてくれるじゃない。先月もあったのよ。再配達をお願いして。受けとってみたら、ハンコはいらないやつだったの」

「普通郵便ですか」

「そう。ちょっとデカいやつ。さっきの宅配便と同じで、ドアポストに無理に入れようと思えば入れられたのよ。だから再配達に来てくれた人に訊いてみたの。これでも持ち帰っちゃうんだ？　って。そしたら言ってたよ。昨日も配達は自分だったんですけど、無理に入れると両側が擦り切れてしまいそうだったので持ち帰らせていただきましたって」

先月。だとすれば、アルバイトの五味奏くんかもしれない。三月で大学は春休みだから、週五で入ってくれていた。五味くんはこのみつば一区を担当することが多いのだ。

「配達が一日遅れてしまってすいませんて言われたよ。お入れしたほうがよかったですか？　って」

「横尾さんは何と」

「入れてくれてもよかったけど丁寧に扱ってくれてありがとうって言ったかな。こっちこそ二度手間をかけちゃってすいませんて」

「そう言っていただけるとたすかります。僕らも、これはお入れできるのかできないのかと、迷うことがあります。入ることは入るけどちょっとはみ出しちゃうな、とか」

「それぐらいはいいんじゃないの？」

「度合いにもよりますけど。このカーサさんみたいなアパートだと、外から見えてしまいますし」

「あぁ。盗られないとも限らないか」

「はい。その状態で雨に降られないとも限らないですし」

「それもあるね。強い雨だとドアまで濡れる」

「だから、少しでもはみ出すなら持ち戻ることが多いですね」

「そうか。いろいろ参考になります」

「あとは、何かありますか？」

「えーと、あ、そうだ。荷物を出したいときは、取りに来てもらうより自分で持ちこんだほうが安いんだよね？」

「そうですね。集荷に伺うよりは局に持ってきていただいたほうが」

「それはどの業者さんでも同じかな」

「だと思います」

「郵便局なら、近いか。コンビニも近いけど。あ、でもあれだ、いつも着払いでやってもらってるから、業者さんは替えられないか。伝票はいつもゲラと一緒に送ってくるし」

「ゲラ、ですか」とつい言ってしまう。

　よく知る言葉ではないが、知っている。たまきの口から出ることがあるからだ。校正をするために刷ったもの、らしい。

「そう。ゲラ。言っちゃうとさ、おれ、もの書きなんだよね。小説を書いてる。だから、実はこれ、取材のつもり」

「取材」

「そのハンコの話とかを何かにつかえないかと前々から思ってて。いろいろ知りたかったの。でも、ほら、配達の人と直接話せる機会って、そうはないじゃない。だから、今だ！　と」

「そういうことでしたか」

「ほんとは取材費とか払いたいとこなんだけど」

「いえ、この程度でそんな」

「ちょっと待ってて」

横尾さんは一度部屋に入り、十秒ほどで戻ってくる。手にしたペットボトルのお茶を僕に差しだす。

「はい、これ」

「いいんですか?」

「どうぞ。せめてこのくらいは」

「すいません。頂きます」と受けとる。

「四葉のハートマートで買ったんだよ。みつばのスーパーより安かったから、散歩がてら行ってきた」

「四葉まで行かれるんですか、散歩」

「うん。みつばから陸橋を上って、ず～っと歩いてくる。ハートマートもよく行くよ。割引のさつま揚げなんかも買っちゃうね。三十パーセント引き、とかのシールが貼られたやつ」

「散歩中だと、荷物にならないですか?」

「なるけど買っちゃうよ。というか、初めからそのつもりで行ってる。散歩に理由をつけてる感じかな。ただ歩くよりは目的があったほうがいいから。郵便屋さんは、四葉のほうもまわるの?」

「まわります。配達をしてますよ」

「そうか。じゃあ、すれちがったこともあるかもね」

横尾さん。歩いていれば、こちらがバイクでも、丸刈り頭で気づきそうだ。これからは気づくだろう。

「それにしても、作家さんなんですね」訊かれる前に言ってしまう。「すいません、存じ上げなくて。小説をあまり読まないものですから」

「いやいや。知らなくて当然。本を読んでる人だって、おれのことなんか知らないよ。読まない人でも名前を知ってるような作家さんだけが本物のスター。食べていけるのはそんな人たちだけだよ。たいていの作家さんは、ほかに仕事を持ってたりもするしね。おれは持ってないけど。二足の草鞋みたいなことはできないから」

「でもそれで成り立ってるんですね」

「成り立ってはいないかな。生活の質を下げてどうにか成り立たせてる。ボロボロになった一足の草鞋を無理やり履いてる感じだよ。そうそう。昔、新人賞に応募してたころは、郵便局でバイトもしてたよ」

「配達ですか？」

「いや、内勤。えーと、何だっけ。深夜勤か」

「あぁ。区分をしたりという」

郵便課の仕事だ。藤沢くんがいる部署。みつば局管内のポストから集めた郵便物を差立区分して各地に送ったり、各地から送られてきた郵便物を配達区分したりする。配達区分されたものを実際に配達するのが僕らだ。深夜勤の人たちがやるのは、たぶん、配達区分。藤沢くんたち局員も交替で泊まったりする。

「アルバイトをしてたのは、いつごろですか？」と尋ねてみる。

「もう二十年前か。途中から郵便番号が七ケタになったんだよね」

二十年前。僕はまだ十歳。確かに、中学生のころから郵便番号は七ケタになった。職場体験学習で郵便局に行ったときにそんな話をされた覚えがある。

「手区分とか、してたなぁ」と横尾さんが感慨深げに言う。「郵便物を大型とか小型とか言ってた。ハガキとか封書とかを機械にかけたりもしてたよ。よそから便が届くと、まず機械にかけられるものとそうでないものを分けるんだよね。厚手のものなんかは手区分にまわす。カギが入ってたり、時にはハサミが入ってたり。そんなのをそのままかけると、中身が飛びだしちゃったりしてさ」

「深夜、毎日やられてたんですか？」

「うん。週五。深夜はやっぱり時給がいいからさ。バイトだと、その上乗せ分が大きいんだよね。三十代の半ばまでやってたよ」そして横尾さんは言う。「お茶、飲んじゃえば。せっかくだから、もうちょっと話を聞きたいし」

「では、いただきます」

ペットボトルのキャップを開け、一口飲む。緑茶。冷蔵庫に入れられていたわけではないらしく、常温。今の時季にはちょうどいい。

「悪いね。ほんとに」

「いえ、こちらこそ」

「で、さっそく訊いちゃうけど。例えばみつばと四葉だと、配達はどっちが楽なの？　全然ちがうでしょ？　こっちは住宅地で、向こうはちょっと田舎だし」

「どちらが楽というのはないですね。配達員によると思います。区画整理されてて走りやすいからみつばのほうがいいと言う人もいますし、長い距離走れるから四葉のほうがいいと言う人もいます」

「郵便屋さんはどっち？」

「どっちも、ですね。みつばを配ったり四葉を配ったり、というのがちょうどいいです。うまい具合に気が紛(まぎ)れるというか。同じみつばでも、マンションが多いほうはまたちがいますし」

「あぁ。みつばにも、タワーマンションが立ったもんね」

「はい。ムーンタワー」

「高いんだろうなぁ、値段も。こんなアパートがあってくれてよかったよ。ワンルームだから高くはないし、都内にも行ける。ただ、ここも前に一度、取り壊されるっていう話があったんだよね」

「そうなんですか」とは言うが、知っている。

四葉に住む大家の今井博利さんが、そうすることを検討したのだ。自分が突然亡くなりでもしたら入居者のかたがたに迷惑をかけてしまうから、と。その危機は回避された。娘の容子さんが福岡から四葉に戻ってくることで。

「でも今はだいじょうぶ。その話はなくなったの。エアコンを取り替えてくれるときに大家さんが言ってた。よかったよ。ここは住みやすいから」

緑茶をもう一口飲む。

目の前にいるのは作家さん。ちょっと不思議な気分になる。有名人なら知っている。春行だ。有名すぎるくらい有名。でも作家さんに会うのは初めて。作家さんとはどんな人なのか。こんな人だった。短めの丸刈り。ワンルーム住まい。話してみれば、普通の人。それは春行もそうだが。

「郵便屋さんなら知ってるかな」とその横尾さんが言う。「上にはさ、翻訳家の人が住んでるよ。女性。すごく丁寧な人」

驚いた。まさかその話が出るとは。

翻訳家の人。女性。知っている。郵便屋だからではない。カレシだから。

「あぁ。そうですか」

「郵便屋さんだから、名前は知ってるよね。三好さん」

「はい。三好さん」

横尾さんは知らないかもしれないが、下の名前まで知っている。たまきさん。会うときはたまきと呼ぶ。

「お知り合いなんですか?」と尋ねてみる。

「知り合いというほどではないな。一度、足音がうるさくないかって、わざわざ自分から訊きに来てくれたことがあるんだよね。あれこれ考えるときは無意識に部屋を歩きまわるからって。それはさ、おれもよくわかんのよ。自分もそうだから。考えるときって、何か動いちゃうんだよね。イスにじっと座ってなんかいられなくて。だから毎日散歩にも出るわけ。歩くぐらいがちょうどいいんだよ。考えようとしなくても、いつの間にか考えてたりする」

「わかります。僕も配達をしてて、そうなることがありますよ。郵便物の宛名の確認をしたりはしてるんですけど、それとは別に何か考えてたりもします」

「動作としてはそのくらいが限度なんだろうね。それよりもっと細かいことをしちゃうとダメ。そっちのほうに気がいっちゃうから」

本当にわかる。そのとおりだ。さすが作家さん。感じたことを的確に言い表してくれる。ちょっと感心する。

「で、その三好さんに訊いたのよ。部屋でお仕事をなさってるんですか？　って。そしたら、翻訳家なんだと。こっちが作家だとは言わなかったけど。翻訳家さんもそうなのかって思ったよ。やっぱワンルームでも歩いちゃうかって」

それは僕も知らなかった。たまき、あの部屋を歩いてるのか。ベッドがあるからさほどスペースはない。ベランダ側の掃き出し窓から玄関まで、行ったり来たりしてるだけだろう。

「あ、でもこれ、もしかして個人情報かな。ヤバい。聞かなかったことにして。郵便屋さんならだいじょうぶだよね？　実際、名前も知ってたわけだし。といっても。翻訳家さんであることは知らなかったか」

知っていた。でも言えない。言うタイミングを逃してしまった。

「自分が何してるかを勝手に人に言われたらいやだもんな。いや、失敗」と横尾さんは一人、あせる。

そこで言う。

「だいじょうぶですよ。僕は誰にも言いません。横尾さんからお聞きしたというのは、まさに横尾さんの個人情報ですし」

横尾さんが驚いた顔で僕を見る。

「おぉ」

「何ですか？」

「うれしいことを言ってくれるね。おれが郵便屋さんに話しちゃったことがおれの個人情報。なるほど。そうとれなくもないか。いいね。おもしろい」

「とにかく僕は言いませんよ。そこはご安心を」

「たすかるよ。相手は女性。自分のことをベラベラ話しちゃうおっさんが真下に住んでると思ったらいやだろうし」

「そんなふうには思いませんよ」と言ってから、ひやっとする。

　それは郵便屋が言うことではない。カレシが言うことだ。

「三好さんがそう思わないことを祈るよ。いや、まずはおれが話しちゃったことが伝わらないことを祈るよ。って、それも何かヤラしいな」

「だいじょうぶです。ヤラしくないです」

「そう言ってくれると心強いよ。ほんと、ごめんね。長々と、どうでもいい話を。もう一回、待ってて」

　横尾さんは再度部屋に入り、十秒ほどで戻ってくる。今度は四本のペットボトルを胸の前に抱えている。すべて同じ緑茶だ。

「時間をとらせちゃったからさ、全部持ってって」

「いえ、そんなに頂けませんよ。これ一本で充分です」

「いやいや。こんなのでごまかしちゃって悪いけど、もらってよ。あとで飲んで。ほかの局員さんにあげてもいいし」

「だとしても、そんなには」

「ハートマートはさ、ほんと、安いのよ。言っちゃうと、五百ミリのこのプライベートブランド緑茶が一本四十八円。だから五本でも二百五十円かかんない。貧乏作家でも余裕」

「歩いて持ってこられたんですよね。それを頂くわけには」

「また行くよ。それが歩く理由にもなる。むしろたすかる」

「でも」

「じゃ、二本」と言って、横尾さんが二本を差しだす。

「じゃあ、すいません」と受けとる。

「やっぱ三本」と一本追加。

「いえ、それは」

「もうこうなったらいっちゃおう。四本」

結局、四本渡される。頂いてしまう。

「別にだいじょうぶだよね？　マズくないよね？　郵便配達員と受取人の癒着、とかにはならないよね？」

「ならないと思います。僕から横尾さんに渡るものは何もないので」

「いや、いい情報をもらったよ」

「であれば、よかったです。本当にいいんですか？　こんなにたくさん」

「いい、いい。買っといてよかったと思えるよ」

「じゃあ、すいません。遠慮なく頂きます」

「充分遠慮したし」と横尾さんが笑う。

「では、頂きます」と僕も笑う。

「これからも配達、よろしくお願いします」

「こちらこそ、よろしくお願いします」

横尾さんと別れ、計五本のペットボトルをバイクのキャリーボックスに入れる。すぐに建物へ戻り、階段を静かに駆け上る。そして二〇二号室のドアポストに封書を入れる。その際、たまきが住む二〇一号室のドアをチラッと見る。それが開いてたまきが顔を出す、なんてことはない。

また静かに階段を駆け下り、バイクに乗る。カーサみつばをあとにする。

ペットボトルの緑茶が五本。僕の分を除けば、四本。局に帰ったら、谷さんと美郷さんと山浦（やまうら）さんにあげよう。残りの一本は、後日五味くんに。

決定。

五味くんが出勤できるのは火曜日と土曜日。大学の授業をやりくりして、どうにか二日は出てくれるのだ。去年は水曜日と土曜日だったが、今年はその形になった。国立大学工学部の二年生。五味くんは学費を稼ぐためにアルバイトをしている。そのために二日を確保するのは大変らしい。でもそうしてくれるのだからありがたい。

で、今日は土曜。横尾さんにもらったペットボトルの緑茶をやっと五味くんにあげられた。何でくれるんですか？　と訊かれたので、いつもがんばってくれるから、と答えた。

五味くんがいるので、今日の僕の担当は三区。四葉。

横尾さんが歩いてたりして、と気をつけていたが、横尾さんは歩いていなかった。歩いてれば気づくだろう、と途中からは気をつけなくなった。

その後、ハートマートに配達したときも横尾さんのことを思いだした。ここで緑茶をまとめ買いしたのか。そう考え、ちょっと笑った。五本で二百五十円未満。大人買いでもないところが何だかおかしかった。

仕事を終えると、僕は局を出て、カーサみつばに行った。横尾さんのところではない。たまきのところ。土曜日が仕事のときはたいていそうするのだ。日曜日はたまきも休む。仕事がたまっていれば、休まない。そんなときは僕も行かない。でもよほどたまっているのでない限り、たまきは休む。そうやってメリハリをつける。

みつば局からカーサみつばまでは、歩いて十分もかからない。その十分弱が好きだ。今週も終わったなぁ、と思える。気持ちに余裕が出るからか、配達中はあまり意識しない潮の香りを意識したりもする。蜜葉市みつばは全体が埋立地。海が近いのだ。

カーサみつばに着く。静かに階段を上る。配達の際は急ぐが、今は急がない。通路を歩いて、二〇一号室の前へ。

インタホンのボタンを押す。ウィンウォーン。

僕が来ることはわかっているが、たまきは一応、受話器で応対する。

「はい」

「僕」

「待って」

「うん」

カギが解かれ、ドアが開く。顔を合わせる。

そこでようやく言う。

「おつかれ」

「おつかれ」

僕が先で、たまきがあと。これは決まってない。どちらが先に言うこともある。

今日のたまきはノーメガネ。すでに仕事を終えたらしい。仕事中はメガネをかけるのだ。かけるかけないがオンとオフの切換にもなるという。オンのたまきも、僕は結構好き。でもそんなには見られない。何せ、仕事中なわけだから。

「仕事は終了？」と僕が尋ねる。

「うん。今日はがんばった」とたまきが答える。「アキが来る前にここまでは終えようって。そんなふうにゴールを決めるとがんばれる」

「あぁ。それはあるかも」

「かもも何も。配達の仕事はいつもそうでしょ。今日の分は必ず今日終える」

「確かに、郵便物が際限なくあって、ただ時間が来たら今日は終了っていうんじゃ張り合いはなさそうだね」

「わたしの仕事はそれ。始めたらあとは毎日の積み重ね。だから一日の仕事量を決めておく。少なすぎず多すぎない量にするの。ちょっと多めっていうくらい。そうするとと、がんばる」

「考えたら、たいていの仕事はそうなんだよね。僕らみたいな配達とかお店での販売とか、そういう現場仕事は一日で区切れるけど」

「会社なんかだと、三ヵ月で一つのプロジェクト、みたいなこともあるだろうしね。フリーのプログラマーさんなんかもそう」

　横尾さんもそうだよな、と思う。

　たまきが言う。

「って、何、いきなりこの話。座んなよ」

「うん」

　手洗いとうがいをすませ、ミニテーブルの前のクッションに座る。

　ミニテーブルはミニもミニ。ミニマムテーブル、と言ってもいい。ベッドがありデスクがあり本棚がありロッカータンスがありだから、どうしてもそうなるのだ。たまきと僕が向かい合わせに座るとピースがすべてそろう。そんな具合。

　ミニテーブルはベッドに隣接。だからたまきも僕も寄りかかれる。ベッドがひじ掛けにもなる。たまきは右ひじを、僕は左ひじを掛ける。

「ビール飲む前に梅こぶ茶いっちゃう?」とたまきが言い、

「いいね」と僕が言う。

たまきがお湯を沸かしにかかる。

梅こぶ茶。顆粒タイプだから急須はいらない。熱いお湯を注ぐだけ。その手軽さもあり、たまきがハマった。紹介したのは僕だ。

初めて飲んだのは、何と、小学校の職員室で。配達途中にごちそうしてもらったのだ。おいしかったので、自分で買った。たまきにもあげた。そうしたら、たまきも自分で買うようになった。

お湯が沸くのを待つあいだ、僕はそれとなく本棚を見る。

本棚といっても、高さは腰ぐらいまで。上に雑貨などの小物を置けるようになっている。大きくはない。でも四段。本はぎっしり詰まってる。

やはり翻訳関係、というか英語関係が多い。あとは、小説。原書らしきものも翻訳ものもある。日本のものもある。

横尾さんにも言ったとおり、恥ずかしながら、僕は小説をあまり読まない。最近読んだのは、小倉琴恵さんという人が書いた『カリソメのものたち』。百波が出て助演女優賞をとった映画の原作。だから読んだ。おもしろかった。最近と言ってしまったが、読んだのは一年以上前だ。

作家さんは、かなり有名な人しか知らない。そのかなり有名な人でも、作品名までは知らない。ただ。こうしてたまきの部屋に来るたびに見てはいたから、横尾というその名字だけは頭の隅に残っていた。

で、先日の横尾さん。小説家。まさかな、と思った。それはないよな、と。

今日はその確認をするつもりでいたのだ。たまきの部屋にある本。横尾、の名字の下に来る名前の確認。

四つん這いになって、わずか二歩。本棚にすんなり到達。確認もあっさり終了した。

横尾。成吾。

ほんとに？　という思いと、やっぱり、という思いが同時に来た。やっぱり、のほうが少し強い。書留に記された宛名、横尾成吾様、を見たあとに横尾さん自身と直接話したことで、そうじゃないかと思ってはいたのだ。たまきの部屋にある本の横尾の下の文字、成吾だったんじゃないか？　と。

僕がみつば局に来たときから横尾さんはカーサみつばに住んでいた。受取人さんとして名前も記憶している。でもそれが作家とは結びつかなかった。たまきが持っている本の著者が横尾成吾さんだと知っていても結びつかなかっただろう。なかなかそうはならないのだ。受取人さんの名前は配達員である僕にとって、失礼ながら、まずは記号だから。その人を知って初めて、それは名前となる。

あらためて見ると、横尾成吾さんの本は結構ある。どれも単行本。

一番下の段の左端から。『脇家族』『ティムと野球と僕たちと』『眠るための場所』『ポルノチック・テイル』『昔あるところに』『藁もない』『キノカ』。計七冊。

ガスコンロの前に立っているたまきが四つん這いの僕を見て、言う。

「どうした?」

「あ、いや。本をちょっと」

「棚がいっぱいになっちゃって、どうしようかと思ってるのよね。選んで残すようにはしてるけど、そろそろ限界。でも本棚もう一つは置けないし、そのために二間のアパートに移るのはバカらしいし」

「選んで残してるの?」

「そう。これだけは絶対に必要ってものだけにしてる」

これだけは絶対に必要、のなかに七冊。

確定。たまきはやはり横尾成吾さんの小説が好き。横尾ファン。

その事実を今になって自分が知ったことに少し動揺する。たまきとは付き合って長いのに。

「お湯沸いた。入れるね」

「お願いします」

二歩後退。クッションに戻り、座る。

たまきが湯呑を二つ運んできて、ミニテーブルに置く。

「召し上がれ」

「いただきます」

「熱いからね」

「うん」

一口飲む。

「熱っ！」

「だから言ってるじゃない」たまきも一口飲んで言う。「熱っ！」

「でもやっぱりうまいね」

「ほんと、おいしい。何だろうね、梅のこの中毒性。これが好きになってからは、梅風味のものなら何にでも手を出しちゃうのよね」

「それ、福江ちゃんも言ってたよ。ポテトチップスも、梅のり塩にハマってからずっと好きだしね」

「あめも梅味があれば買っちゃうし、お茶漬けの素も鮭より梅を選んじゃう」

「どれもいいよね」

「いい。でもだからって、本丸の梅干しにいこうとはならないのよね。そこまでの酸っぱさを求めてるわけではないのよ。あくまでも風味として感じたいの」

「わかるよ」

「と言ってたら」

「何？」

「久しぶりに梅干し食べたくなってきた」

「本丸突入？」

「うん。ついに覚醒（かくせい）したのかも」

僕は梅こぶ茶を一口飲んで言う。

「そういえばさ、梅は英語で何て言うの？」

「うーん。正式には、ジャパニーズ・アプリコット、かな」

「そんななの？」

「たぶん」

「アプリコットは、何だっけ」

「あんず」

「あぁ」

「梅の英語でプラムがつかわれたりもするんだけど、それは微妙なの。プラムはすももだし。最近は梅を知ってる外国の人も多いから、そのものウメでいいのかも」

「じゃあ、梅こぶ茶なんて難しいね。外国の人に紹介するとき」

「名称としてはそのままウメコブチャだね」

「ウメコブチャ」と英語ふうに発音してみる。コをやや強めて。「通じる?」

「通じなそう」

「確かに」

　お茶をもう二口飲み、本棚のほうを見る。それとなく言う。

「小説、好きだよね?」

「何?」と言われる。それとなくなかったらしい。「もしかして、小説に興味が出てきた?」

「何となくは。ほら、福江ちゃんの映画のあれも読んだし」

「『カリソメのものたち』」

　それは本棚にもある。横尾さんの『キノカ』の隣に入っている。たまきも買ったのだ。

「横尾成吾って人、好きなんだ?」言ってから、直球すぎるな、と思い、こう足す。

「せいご、でいいんだよね? 読み」

「そう。せいご」

「好きなの?」

「好き。大仰（おおぎょう）じゃないところがいい」

「結構あるよね」

「ここまで出たのは全部あるかも。たまに読みたくなるのよ。時間ができたら、適当にページを開いてそこから読んじゃう」

「それでおもしろいの？」

「うん。ストーリー自体が重要ってわけでもないから」

「ストーリーが重要じゃない小説なんて、あるんだ？」

「ないかも。わかんない。でもその人のは、そんなふうに読めちゃう。だから買っちゃう。そばにあると便利だから」

「そばにあると便利」

「小説をほめるのにつかう言葉じゃないよね」

「うん。って、僕もよくわからないけど」

「文章がなじむというかね、性に合うのよ。この文章を翻訳するのは大変だろうなって思う。小説を翻訳するのは難しいよ。例えば主人公をぼくにするかおれにするかだけで印象は大きく変わる。ひらがなのぼくと漢字の僕でも変わる」

「そうか。そうだよね」

「翻訳者の責任は重大。それでその作家さん自身の印象を変えちゃうわけだから」

「たまきは、小説の翻訳はしないの？」

「わたし程度じゃそんな依頼は来ないよ。いつかやりたいとは思ってるけどね。でも横尾成吾の英訳は難しいかな。言葉自体は簡単だけど、あの文章を英語にするのは難しい」

この下に横尾成吾さんが住んでるよ。そう言ったら、驚くだろうな。

実際、僕も軽い気持ちでつい言いそうになる。が、とどまる。

よく考えれば、言っていいことではない。それは僕が郵便屋だから知り得た情報なのだ。まさに個人情報。どこどこに誰々が住んでいますよ。言っていいわけがない。

とはいえ。僕はたまきのカレシでもある。そしてたまきは横尾さんと同じアパートの住人。知り合いとは言えないが、顔を合わせている。話してもいる。言っていいのではないか。むしろ言うのが自然ではないか。

うーむ。と僕はさらに考える。梅こぶ茶を飲みながら、かなり真剣に考える。

個人情報の管理については、小松課長からも厳しく言われている。当然だ。郵便局は地域の全住人の住所や名前を知る立場にある。そこから情報が洩れていいはずがない。

だから最近は、配達中に訊かれると結構困るのだ。みつば一丁目二番地はどこですか？　ならまだいいが、山田さんのお宅はどこですか？　になるとツラい。近所に住む人が教えるならいいのかもしれない。でも郵便局員がと考えれば難しい。それで教えていいなら、理屈としては、誰に何を訊かれても教えなければいけない、ということにもなるのだ。

「アキ、どうしたの？」

「いや、別に」

「本、読みたければ貸すよ」

「うん。ありがとう」

「読むならデビュー作からにしたほうがいいかも。一番左にある『脇家族』」

「『脇家族』。どういう意味？」

「四人全員が学校とか職場とかで脇役に甘んじてる家族」

「あぁ。脇役の、脇」

「アキのとことは対極だね」

「ん？」

「春行くんがいるわけだから、脇なわけがない」

「僕は脇だよ」

「すごいことを、あっさり言うね」

「だって、脇でしょ」

「脇ではないよ。どちらかといえば、主役側でしょ。春行くんの弟なんだし」

「だからこそ脇であるような」

「そういうあれこれを考えるためにも、読んでみれば」

「うん。そうするよ」

「じゃ、ビールいきますか」

「いこう。あ、でもその前に」

「何？」

ついでに思いだしたことを訊いてみる。

「宅配便とか、よく来るよね？」

「よくってほどではないけど、来るね。原稿とか資料とか。仕事絡(がら)みで」

「荷物をそのままドアポストに入れられたりしたことは、ない？」

「ハンコを捺してないのにってこと？」

「うん」

「ないよ。それはマズいでしょ」

「だよね」

「何、やっちゃったの？」

「いや、僕はやらないよ。よそでそんな話を聞いただけ」

よそ。下だ。真下。

「それはダメでしょ」

「ダメだね」さらに訊く。「もしそうなってたら、たまきはどうする？」

「うーん。それは、業者さんに電話するかなぁ。クレーマーにはなりたくないけど、するよね。しなきゃダメでしょ」

それが普通の感覚だろう。セキュリティがどうのという以前の問題なのだ。

「そんなことは一度もないけど。不在通知で、ちょっとこれは、と思ったことならあるよ」

「それは、どういう？」

「買物から帰ってきたら、不在通知がドアに挟まってたの。小さく折りたたまれて」

「ドアのすき間にだ」

「そう。ドアポストに入れられるんじゃなくて、そうなってた。えっ？　と思ったかな。だって、そうする理由がないもんね。ドアポストがないならわかるけど、あるんだから」

「帰ってきたらすぐ気づくようにってことだったのかな」

「そうなんだろうけど。帰ってきたら、ドアポストを見るよね」

「すぐには見ない人もいると思ったのかも」

「だとしても、それはいやだよ。すぐ気づくってことは、わたしだけじゃなく、ほかの人も気づいちゃうってことでしょ？　二階だから、一階とちがって外を歩いてる人が気づくことはないだろうけど、広告のチラシを入れる人とか何かの勧誘に来た人とかは気づいちゃうよね。で、手にとろうと思えばとれちゃう。見れちゃう」

「うん」

「すぐ気づかせたいっていう気持ちはわかるけど、その気持ちは伝わらないよ。結局、配達する側の都合としか思えない」

　配達する側の都合。響く言葉だ。

　確かにそう。例えば、書留の配達で受取人さんが不在だったとき。何でいないんだよ、とまでは思わないが、いないかぁ、とは思ってしまう。それはもうしかたない。そこで止めなければいけないのだ。こちらが一方的に押しかけてるわけだから。

「アキはそういうことしちゃダメだよ」

「しないよ」

「まあ、するとは思ってないけど」

「しないけどさ。たまきは、たまにそういうことを言ってよ。言われたら、ゆるんでても締(し)まるから」

「了解。たまに言う」

同じアパートなら配達するのも同じ人だろう。そう思って、たまきに訊いたわけだが。

よかった。ちょっと安心した。

まずはカレシとして、自分のカノジョが勝手に受取のサインを書かれたりしていなくてよかった。

次いで配達員としても、よかった。二〇一号室でも一〇一号室と同じことが起きていたとすれば、やはり故意にそれを行う配達員がいたと判断せざるを得ないから。

「あとは何かある？」と訊かれ、

「ないよ」と答える。

「じゃあ、今度こそビールいく？」

「いこう」

たまきが梅こぶ茶を飲み干す。

僕も飲み干す。

たまきが立ち上がり、空いた二つの湯呑を持って流しへ。

その姿を目で追い、あらためて考える。

階下に作家の横尾成吾さんが住んでいることをたまきに言うか否か。

僕はたまきのカレシ。僕は郵便配達員。

うーむ。

言わ、ない。


その次の土曜日。僕はみつばベイサイドコートの瀬戸夫妻を訪ねた。

セトッチからこんなＬＩＮＥのメッセージが来たのだ。

〈緊急事態。未佳ともめた。秋宏、来られたし〉

ということで、局からの帰りに寄った。午後六時に行くとセトッチに伝え、だから少し遅れるとたまきにも伝えた。

ベイサイドコートに向かって歩きながら、ちょっと不安になった。

セトッチは小学校時代からの友人だ。未佳さんは百波の小学校時代からの友人。だから二人は知り合った。僕がかつて住んでいたアパートの部屋で知り合ったのだ。そして結婚にまで行き着いた。披露宴には僕も百波も出た。春行までもがサプライズの祝福メッセージ動画で登場した。

二人は結婚して丸二年。これまで大きなケンカをしたことはないはずだ。そして未佳さんの妊娠。もめる要素があるとは思えない。いや、だからこそなのか。妊婦さんは気持ちが不安定になることもあるらしい。とにかくマズい。

一階のエントランスホールにあるインタホンで到着を告げ、オートロックを解いてもらう。エレベーターで十階へ。

通路を少し歩き、インタホンのボタンを押す。ウィンウォーン。

すぐにドアが開く。一階でインタホンに応対してくれたのはセトッチだが、ドアを開けてくれたのは未佳さんだ。

「いらっしゃい」と言われ、

「どうも。だいじょうぶ？」と返す。

「何が？」

「あ、えーと」もめてるみたいだから、の代わりに言う。「体」

「だいじょうぶだよ」と未佳さんは笑う。「一目でそうとわかる妊婦さんにいきなりなるわけじゃないし。つわりはちょっとあるけど、わたしはそんなに重くないみたい」

「ならよかった」

「今日はどうしたの？」

「あ、いや」と口ごもる。

「急だったから、特別な用意はしてないの。晩ご飯はパスタにしようと思ってたんだけど、それでいい？」

「僕はいらないよ」

「多めに茹でるだけだから手間でも何でもないよ。上がって」

上がった。居間でセトッチと顔を合わせる。

「秋宏、おつかれ」

「おつかれ」

「座って」

座った。適度なやわらかさのソファに。

「悪いな、仕事のあとに。ほんとに来てくれるとは思わなかった。ビール飲むだろ?」

「いや、いいよ」

「遠慮すんなよ」

「遠慮ではなくて」

「パスタ、あるよね?」とセトッチが未佳さんに尋ねる。

「あるよ。三人分だとひき肉がちょっと足りないから、ボロネーゼはやめてしょうゆベースの和風にする」

「いやいや」と僕。「ボロネーゼにして。ほんとに僕はいいから。ちょっと寄っただけだから」

何かおかしい。緊急事態感はない。もめ感もない。

「じゃあ、コーヒーを入れるよ。二人はコーヒー。わたしはお茶」

そして未佳さんは実際にコーヒーを入れてくれた。

「悪いね、晩ご飯の前に来ちゃって」と二人に謝る。

「来てくれってこっちが言ったんだし」とセトッチ。

「それは何で？」と未佳さん。

「いや、ほら、名前の件。秋宏に相談してみようと思って」

「名前の件？」と僕。

「うん。子どもの名前」

「あぁ。それでか」ここでは訊いてしまう。「えーと、もめてるの？」

「もめてないもめてない」と未佳さんが答え、セトッチに言う。「もめてるなんて言ったの？」

「言った？」とセトッチが僕に言う。

「うん。もめたって。緊急事態だって」

「あ、本気にした？」

「ちょっと」

「ごめん。大げさに言ったわ」

「もめて、ないんだよね？」

「ないない。もめてない。迷ってるだけ。そう書けばよかったな、LINEに」

いただきますを言って、やっとコーヒーを飲む。尋ねる。

「で、迷ってるって、何？」

「いや、おれさ、子どもの名前に未佳の字をつかいたいんだよ」

「そう言ってくれるのはうれしいけど、わたしは達久(たつひさ)の字をつかいたい」

つまりそういうこと。生まれてくる子どもの名前にセトッチは自分の名前達久の漢字をつかいたくて、未佳さんは未佳をつかいたい。のではない。逆。セトッチは未佳さんの漢字をつかいたくて、未佳さんはセトッチの漢字をつかいたいのだ。

まったくもめてない。何なら、新種ののろけととれないこともない。

「未佳ってさ、漢字としてどっちもカッコいいじゃん。だからつかいたいんだよ」

「夫の漢字を差し置いて妻の漢字をつかうって、わたしがいやな嫁みたいじゃない」

「そんなことない。気にしすぎだよ」

「そう思う人は思うよ。あの奥さん、自分の漢字をごり押ししたんだって」

「思わないでしょ」

「思われるだろうなって、わたしが思っちゃう」

セトッチが僕に言う。

「と、こうなわけ。だから人に訊いてみることにしたんだよ。秋宏はどう思う？

別に思わないよな、嫁がごり押ししたなんて」

「そうは思わないけど。未佳さんが言うのもわかるよ」

「ほら」と未佳さん。

「マジか」とセトッチ。

ふと思いついたことを尋ねてみる。

「男の子か女の子かっていうのは、もうわかってるの？」

「まだ」とセトッチが答え、

「もう少し経てばわかる」と未佳さんも答える。

「わかってから考えるのでは、遅いの？」

「わかる前に考えておきたいよな」とセトッチ。

「そうだよね」と未佳さん。

二人、そこは意見が一致する。

「妥協案としてさ、男の子ならおれの字をつかって女の子なら未佳の字をつかうっていうのも考えたんだよ」

「それはいいんじゃない？　実際にそうしてる人も多いだろうし」

「だと思う。でもそれはそれで、ある意味、運まかせだろ？　何ていうか、自分たちで決めた感じがしないんだよな」

「充分決めてると思うけど。事前にたっぷり考えてはいるわけだから」

「ただ、ほら、最後はお医者さんの一言で自動的に決まっちゃうし」

「自動的、ではないような」

「おれはさ、男の子でも女の子でも未佳の字でいいんだよ。ほんとに」

「わたしは達久の字でいい」

　ふりだしに戻った。

「達も久も、女の子の名前にはつかいづらいよ」とセトッチ。

「久は、クミとかあるじゃない。久に美しいで、久美」と未佳さん。

「その久美ぐらいしかないよ。でも未佳ならどっちでもいける。女の子なら未をつかえばいいし、男の子なら佳をつかえばいい。佳は力だけじゃなく、ヨシとも読めるから」

　コーヒーを一口飲む。またふと思いついたことを口にする。

「男の子なら佳久(よしひさ)にして、女の子なら未久(みく)にすればいいんじゃないの？」

　それを聞き、二人が同時に言う。

「あっ」と未佳さん。

「おっ」とセトッチ。

「ヨシヒサにミク。漢字の未が先に来れば、ミクって読めるよね？　女の子であることもわかるし」

「おぉ」とセトッチが声を上げる。「秋宏、天才じゃん」

「いやいや。それ、考えなかったの？」

「考えなかった。その合わせ技は、思いつかなかった。どっちをつかうかってことばかりに気がいってたから」

「よかった」と未佳さん。「解決」

「これで解決なの？」と僕。

「解決だよ」とセトッチ。

「僕が言っちゃったよね。二人で決めたことに、なってる？」

「なってるよ。発案は秋宏だけど、決定はおれと未佳。二人が納得したんだから問題なし」セトッチは未佳さんに言う。「男の子なら佳久で、女の子なら未久。いいよね？」

「うん。ただ、どっちもわたしの字が先に来ちゃってるけど、いいの？」

「いいよ。並びとしてもきれいじゃん。ほんと、これはどっちもいいよ。何なら男女の双子でもよかったな」

「男の子の双子でも佳久と未久でいけるんじゃない？　男の子でミクくんもありでしょ。かわいい。わたしは好き」

「女の子の双子ならどうだろう。無理かな？　カクとミク」

「思いきってクミとミクでもいいかも」

「あぁ、それはありだ。マジで双子でもいいと思うようになってきたな。初めは双子なら大変だと思ってたけど」

「いや、あのさ」と僕。「双子ではないんだよね？　それはもう、わかってるんだよね？」

「わかってる」とセトッチ。

「でも二人めにつかえるよ」と未佳さん。

「そうか。そう考えればいいか」

「うん。弟でも妹でも対応可能」

と、まあ、結婚から二年経っても結局は仲がいいセトッチと未佳さんだ。来てよかった。合わせ技を思いついてよかった。

「悪いな、秋宏。こんなことで呼んじゃって」とセトッチが言い、

「まさにこんなことだよね」と未佳さんも言う。

「ちょっとは役に立てたならよかったよ」

「ちょっとどころじゃないよ」とセトッチ。

「問題、解決しちゃったしね」と未佳さん。「あとでフクにも報告しなきゃ」

「福江ちゃんには相談してないの？」と尋ねる。

「撮影で忙しそうだから。あ、でもＬＩＮＥで、いい名前ない？　とは訊いたか」

「何て言ってた？」

「そんなの二人で決めなよって」

「あぁ。だったら、僕もそう言いたいような」

「今さらそれはなし」とセトッチ。

「もう決定」と未佳さん。

なら、いい。うれしくないことはないのだ。というか、かなりうれしい。

僕は想像する。

数ヵ月後、みつば二区に転居届が出される。旧住所はなし。記載されるのは新住所のみ。みつばベイサイドコートＡ一〇〇二。名前は、瀬戸佳久か瀬戸未久。

その転居届を見たら、感動してしまうかもしれない。

などと早くもちょっと感動しつつ、コーヒーを飲み干す。

「ごちそうさま。もう行くよ」と立ち上がる。

「本当にパスタはいい？」と未佳さんに言われ、

「うん。晩ご飯を遅くさせちゃってごめん」と返す。

「今度ゆっくり飲もう。そのときはもっと早くに言うから」とセトッチにも言われ、

「しばらくは大変でしょ。生まれてからでもいいよ」と返す。

「生まれたらもっと大変かも」と未佳さん。

「あ、そうか」

「でも見に来てね」

「もちろん。隠そうとしたって来るよ」

「何で隠すんだよ」とセトッチが笑う。

最後に、玄関で僕は二人に言う。

「考えたら、ちゃんと言ってなかった。あらためて。おめでとう」

「いや、言ってもらっただろ」

「電話でだよ」

訪ねたらまず言おうと思ってたのに、忘れてたのだ。もめてるというほうに気をとられて。

二人と別れてエレベーターに乗り、一階で降りる。

瀬戸家族。そんな言葉が頭に浮かぶ。セトッチが父親で未佳さんが母親。たぶん、脇家族にはならない。

別になってもいいが。平本家と伊沢（いざわ）家のようにはなってほしくない。将来、瀬戸家と川原（かわはら）家に分かれるようなことには、なってほしくない。

セトッチと未佳さんならなるわけない。と言いきりたい。が、言いきれない。誰だってそうなる可能性があることを、僕は知ってるから。

防寒着を脱ぎ、なかに着ていた一枚を脱ぎ二枚を脱ぎで、ゴールデンウィークが明けたころには夏が見えてくる。と同時に、その前に来る梅雨も見えてしまうのだが、まあ、それはそれ。

ともかく気温は上がり、バイクで快適に走れるようになる。配達日和が増える。

今日は月曜日。五味くんはいない。だから僕がみつば一区をまわる。

店自体は閉めてしまったが建物は残している白丸（しろまる）クリーニングの小田育次（おだいくじ）さん宅に書留を届ける。わきにある自販機で午後の休憩用に微糖の缶コーヒーを買い、配達を続ける。

そしてカーサみつばに差しかかる。

今日は八室のうちの三室に郵便物がある。まずは一〇一号室。横尾さん。

建物の前の駐車スペースにバイクを駐め、降りる。後ろのキャリーボックスから料金後納（こうのう）のゆうメールを取りだす。

配達員によってやり方はちがうが、僕は、大型の郵便物はすべてキャリーボックスに入れる派、だ。そのほうが収まりがいいのでそうしている。

ただし、次に大型があるのはどのお宅かを常に把握しておかなければならない。忘れたら、そのお宅へ逆戻り、になってしまうのだ。

でも横尾さん宅のそれはだいじょうぶ。覚えていた。

かなり厚手。雑誌が入っている。

それを手に一〇一号室へ。

玄関の前に立ち、迷う。厚手も厚手。分厚い。といっても、横幅は問題ない。ドアポストに入れようと思えば入れられる。が、無理にやると、ガリガリッとなる。両端がではなく、表面と裏面が。

ということで。ウィンウォーン。

不在なら入れるべきかもしれない。持ち戻りはしなくていい。まずはアタック。

いつものように受話器での応対はなし。ドアはいきなり開く。横尾さんが顔を出す。相変わらずの丸刈りだ。

「こんにちは。郵便局です」

「どうも。ハンコ?」

「今日は結構です」と早口で言う。「お荷物が大きいので、お手渡しでお願いします」

横尾さんが僕の顔を見て、言う。

「何だ。君か」

「先日はありがとうございました」

「ん？」

「お茶を」

「あ、ハートマートのお茶だ。安いやつ。あとで思ったよ。あんなに渡して迷惑だったかなと。バイク、重かったでしょ？　考えたら、デカいペットボトル一本分以上だもんね」

「それはだいじょうぶでした」

「ならよかった」

「ではこれを」とゆうメールを差しだす。

受けとり、横尾さんが言う。

「今日か、発売。ありがと」

「では失礼します」

そう言って去ろうとしたら、言われる。

「あ、郵便屋さん」

「はい？」

「ちょっといい？　長くはならない。すぐだから」

「何でしょう」

「もう聞いた？」

「何をですか？」

「上の人から」

「上の人」

「三好さん」

「えーと、いえ、何も」

「そうなんだ。じゃあ、言っていいのかな。まあ、いいよな。ほら、こないだ、郵便屋さんにいろいろ訊いたとき、おれが言っちゃったじゃない。上に翻訳家さんが住んでるって」

「はい」

「でさ、やっぱよくないなと思ったわけ。あんなふうに軽々しく言っちゃって」

「あのときも、そうおっしゃってましたね」

「だからおれ、三好さんに話したのよ。今度は自分から行って。もう郵便屋さんに伝わってると思ってた」

「いえ。聞いてはいないです」

何だかよくわからない。まず、それが僕に伝わってると横尾さんが思う理由がわからない。

「おれが言ったと郵便屋さんが誰かに話しちゃうとか、そんなふうに考えたわけではまったくないんだけど。軽率だったなと思ってさ。だから自白しに行った、言っちゃいましたって」

「そうなんですか？」

「そう。同じアパートの人でもさ、結構会わないのよ。顔見知りなのは三好さんだけだし。で、一度話してもいるから、言っといたほうがいいなと思って。相手が郵便屋さんならそんなにいやな気にならないだろうとも思って」

「それで、三好さんは、何と」

「驚いてた。まあ、そうなるよね。いきなりそんなことを言われても何のこっちゃだし。でも事情を理解したら笑ってたよ。そんなのだいじょうぶですよって言ってくれた。で、ほんとにだいじょうぶな理由も教えてくれた」

「理由」

「うん。それにはおれが驚いた。郵便屋さんと、そうなんだってね。カレシさん、なんでしょ？」

「あぁ。そうですか」と妙なことを言ってしまう。

それをたまきが言いましたか、の、そうですか、だ。

「そんなこと話しちゃっていいの？　って逆に訊いちゃったよ。そしたら、そちらも話してくれたからいいですよって。あの人と話したならわたしがこれを言わないのも変ですしって。言わなくても、変ではないけどね」

「どう、でしょう」つい弁解してしまう。「すいません。あのとき、僕は何も言わなくて」

「そりゃ言わないでしょ。あそこで郵便屋さんが、二階に住んでるのは僕のカノジョです、なんて言いだしたらそれこそ変だし」

「でも知り合いだということくらいは言うべきであったような」

「いや、言う必要はないよ。でも驚いた。あるんだね、そんなこと。郵便屋さんが配達先の人と付き合うなんてこと」

「お恥ずかしいです」

「恥ずかしくないよ。人はどんな形でだって知り合うし」

考えて、言う。

「横尾さん、あの」

「ん？」

「三好さんは、というか三好は、横尾さんが作家さんであることを知ってますか？　話し、ました？」

「話してない。特に言うことでもないかと思って。訪ねといて名乗らないわけにはいかないから、横尾ですとは言ったけど」

もういいだろう、と思う。僕は配達人で、たまきは受取人。でもカノジョ。横尾さんの個人情報をたまきに明かすのはマズいが、たまきの個人情報を横尾さんに明かすのはマズくない。たまきもいいと言うだろう。

「三好は、横尾さんのファンなんですよ。横尾さんの本、七冊持ってます」

「ほんとに？」

「ほんとです」

「おれのファンなんて、いる？」

「いますよ」

「うーん。そうなのか。まさか真上にいたとは」

「それで、えーと、そのことを三好に話してもいいですか？　いずれ三好も、横尾さんと話したことを僕に話すと思うので」

「あぁ。いいよ。どうぞ、話して。おれはかまわないから」

「ありがとうございます。近々言わせてもらいます」

「でもそうか。じゃあ、郵便屋さんが二階にいることもあるわけだ」

「はい」

「いいね。今日もいいことを聞いた。前回以上かも。これさ、そのうち書いてもいい？　もちろん、誰だかわからないようにはするから」

「それは僕がどうこう言えることではないので、ご自由に」

「よかった。そういや、これ、見本なのよ」

　これ。ゆうメールの雑誌だ。

「文芸誌。短編が載ってんの。今日発売。よかったら、郵便屋さんも読んで」

「はい。読ませてもらいます」

「って、うそ。いいよいいよ。言ってみただけ。小説なんて読まないでしょ？」

「正直、そんなには読みません。でも読んでみます。ちょっと興味が湧きました」

「つまらなかったらごめんね」

「もしそう感じたら、それはたぶん、小説を読み慣れてない僕のせいですよ」

「いや、それは作家のせいだよ。読み慣れてない人でもおもしろく読めるように書けなかった作家のせい。そこは単純に、つまらなかった、でいいよ」

「わかりました。三好のとこにある本も読ませてもらいます」と言ったあとにこう続ける。「あ、すいません。買わなきゃダメですね」

「いいよ。本なんて図書館でも借りられるんだから。カレシさんはカノジョさんの本を読んでよ。もう一冊買えなんて言わない」

「たすかります」

「あ、そうだ。今日もいい話を聞かせてくれたからさ、お茶、持っていきなよ」

「いえ。今日は配達に来ただけですので」

「前回もそうじゃない。おれが引き止めただけ。またハートマートで買ってきたんだよ。まったく同じお茶」

「でも今日はほんとに」

「そう？」

「はい」

「お気持ちだけ頂く？」と横尾さんが笑い、

「それです」と僕も笑う。

「じゃあ、三好さんによろしく」

「伝えます」

「郵便、ありがと」

「いえ。失礼します」

横尾さんと別れ、配達を再開する。一〇三号室に封書を入れ、二階へ。

二〇一号室。たまきの部屋。今日は郵便物がある、ＤＭハガキだ。

ハガキなので、裏を見ようと思えば見られる。何かの拍子に見えてしまうこともある。が、見ない。そこはカノジョ宛でも見ない。当然だ。

たまきが部屋にいるかは不明。たぶん、いると思う。ドアポストにハガキを落としこむ。コトンという微かな音がする。聞こうとすれば聞こえる。いい音だ。

通路を戻り、静かに階段を駆け下りる。

バイクに戻ったところで一〇一号室のドアが開き、サンダル履きの横尾さんが出てくる。ペットボトルの緑茶を僕に差しだし、言う。

「やっぱ一本。そんならいいでしょ？　もらって」

つい笑い、受けとってしまう。

「ありがとうございます。あとで頂きます」

「そんじゃ、どうも。おつかれさま」

横尾さんはすぐに戻っていく。

僕はキャリーボックスに緑茶を入れ、バイクに乗る。エンジンをかけ、出発。

たまきの下に横尾さんが住んでいることに安心する。この場合の横尾さんは、作家さん、ではない。あやしくない人、だ。自分のカノジョの下にあやしくない人が住んでいることに安心する。あやしくはないがおかしな人。いい。

その後も配達をこなし、きりがいいところで休憩した。

いつものみつば第二公園。僕が密かに奇蹟の公園と呼ぶ場所だ。すべり台とブランコとベンチがあるだけの狭い公園。

ベンチに座り、微糖の缶コーヒーを飲む。横尾さんにもらった緑茶よりはそちらが先。

通話にしたいところだが、たまきは仕事中だろうから、メッセージにする。

スマホに文字を打つ。結構な長文になる。

横尾さんがたまきの部屋を訪ねたこと、僕と付き合っているのをたまきが横尾さんに話したこと。それらを横尾さん自身から聞いたこと。

これはあとで直接、とも思ったが、もったいぶってもしかたないので、やはり文字で打つ。

横尾さんが作家の横尾成吾さんであること。

休憩は十五分。缶コーヒーを飲み、メッセージを送信したところで終えた。

残りの配達は一時間分。五十五分で終えてやろう、と目標を立て、かかる。

でもすぐに、道行く女性に声をかけられる。見た感じ、七十代。いや、もしかしたら八十代。おばあちゃんだ。

「郵便屋さん」

「はい」

「ちょっと訊きたいんだけど」

「何でしょう」

ちょうど停まっていたので、バイクから降り、ヘルメットをとる。

「この辺にタケノウチさんていうお宅があると思うんだけど。わかる？」

「タケノウチさん」聞きとりやすいよう、ゆっくり言う。「ヒロユキさんとかヨシユキさんとかのユキにつかう字のほうの竹之内さんですか？　野原の野のほうじゃなく」

「そう。それ。その竹之内さん」

小賢しいが、確認した。おばあちゃんと竹之内さんは知り合い。充分だ。

「竹之内さん。いらっしゃいます」とすんなり言う。「一つ向こうの道ですよ。その道の左側です。そこの角を曲がってもらって、一つ向こうの道に行ってもらって、左側の、えーと、四軒めです。大きめの表札が出てるので、わかると思います。もしあれならご案内しますけど」

「いいえ、それはだいじょうぶ。今の説明でわかったから。そっちの道の、左側の、四軒めね？　表札が出てるのね？」

「はい」

「住所は聞いてたのよ。駅からどう行くかも聞いてたの。でもいざ歩いてみたら、よくわからなくなっちゃって。そしたら、郵便屋さんがいたから」

「よかったです」

「何だっけ。えーと、スマホ？」

「はい。スマホ」

「あれを持ってはいるの。ただ、地図の見方がわからなくて。娘に聞いたときはわかるんだけど、一人で見るとわかんないのよ」

「つかい慣れてないと、わかりづらいですもんね」

「ごめんなさいね。たすかりました。どうもありがとう」

「いえ。お気をつけて」

おばあちゃんが角のほうへ歩いていく。

僕は配達に戻る。

こうと決めてしまう必要はないのだ、と思う。

あのおばあちゃんが実は窃盗団や詐欺集団のリーダーだったら。そして竹之内さんが何らかの被害に遭ってしまったら。

そのときは、お宅を教えてしまった僕が、とれる責任をとればいい。

配達にかかったのは、おばあちゃん込みで一時間。話した時間はせいぜい二分。おばあちゃんなしでも五十五分は無理だったか、と思いつつ、みつば局に戻った。

郵便物の転送や還付の処理を終え、どうにか定時。

着替える前にスマホを見る。たまきからのメッセージが届いている。読む。僕が送ったそれ同様、長い。

横尾さんが訪ねてきたことは、今度僕が来たときに直接話すつもりでいたという。そして、何と、横尾さんが横尾成吾さんであることは知っていたという。名字を聞いて、気づいたのだそうだ。

横尾さんの小説は好きだが、ご本人のことはほとんど知らなかった。ただ、何度か写真を見たことはあった。顔をはっきり覚えてはいなかったが、丸刈りなのは覚えていた。まさかと思い、調べてみた。まさかだった。うひぃ〜、という声が口から出たそうだ。

そのあと。よく考えて、気づいた。横尾さんが作家の横尾成吾さんであることを知っていたにもかかわらず、僕がたまきに言わなかったことに。

それについての見解を、たまきは最後に短い一文でまとめていた。

〈アキ、硬いけど偉い〉

たまきが僕の仕事をきちんと理解してくれていることがうれしい。

今日もゼロベース

みつば一区にあるアパートは七つ。名前を見れば、建てられた順番が何となくわかる。大家さんの名字が含まれるもの以外で言うと、こんな具合。

メゾンしおさい→カーサみつば→リヴィエール蜜葉→ハニーデューみつば。

三つめと四つめは微妙。ハニーデューが最も新しいと僕自身が実際に知っているから、その並びになる。

で、三つめ。リヴィエール。

こちらは、ひらがなのみつばではなく、漢字の蜜葉。市名ということで選んだのだと思う。

ここは蜜葉市。そのなかにみつばがある。蜜葉市みつばだ。埋立地のみつばが造成されたとき、市名と同じ漢字の蜜葉でなく、わかりやすいひらがなのみつばにしようということになった。だから蜜葉表記もみつば表記もある。どちらも正しい。

蜜葉市蜜葉宛で郵便物が来ることもある。多々ある。それらはすべてきちんと配達する。表記が正確でないから配達しません、なんて意地悪を郵便局が言ったりはしない。

みつば郵便局自体、蜜葉郵便局だと思われたりする。蜜葉市みつばにあるからみつば郵便局なのだが、蜜葉市の中心的な局だから蜜葉郵便局だろうと、そう判断されてしまうのだ。

で、とにかくリヴィエール蜜葉。

ワンルームのアパートだ。一階と二階に各三室で、計六室。すべて埋まっている。三月下旬に二人退居したが、四月上旬にはもうどちらも埋まっていた。みつばのアパートはだいたいがそうだ。便がいいわりに家賃は高くないから。

一〇二号室、一〇三号室と配り、わきの階段を静かに駆け上って、二階へ。

二〇一号室、二〇三号室で、はい、終了。

とはならず。

二〇三号室のドアポストに封書を入れた直後にそのドアが開いた。女性が顔を出す。二十代半ばぐらいの人だ。

まさに直後だったので、逆に偶然だと思った。ちょうど出かけようとしていたところへ僕が来たのだろうと。

だからこう言った。

「どうも。郵便です」

すると、こう言われた。

「あの、ちょっといいですか？」

「はい」

「なかで」

「はい？」

「入ってください。ここじゃあれなんで」

「あぁ。はい」

女性に続き、玄関に入る。もちろん、三和土（たたき）止まりだ。背後でドアを閉める。

女性がなかに上がる。一メートルほどの距離をとって、振り返る。

「すいません。いきなり」

「いえ。えーと、何でしょうか」

あらためて女性を見る。受取人さんだから、名前は知っている。田代萌奈（たしろもえな）さん。

読みは、もなではなく、もえな。僕がみつば一区を担当する日に書留などが来たことはないので、顔は初めて見る。ここに住んでそう長くはないはずだ。三年めとか、そのぐらい。

「昨日」と田代萌奈さんが言い、

「はい」と僕が言う。

「郵便を入れられたんですよ。郵便局の人ではない人に」

「ない人、ですか」

「たぶん、隣の人です」

「あぁ」

「駅前のスーパーに買物に行ったんですよ。で、帰ってきたら、この部屋の前に人がいて。何だろうと思って、わたしは下から見てました。その人は、ドアの前に立って何かしてました。背中しか見えなかったですけど。それで、すぐに歩いていって、隣の部屋に入りました。こっち」と田代萌奈さんが自分の右を指す。

二〇二号室だ。居住者は、安田雅巳（やすだまさみ）さん。

そうか。だからこうして僕を玄関に入れたのだ。すぐ隣の安田雅巳さんに話を聞かれたくないから。現に、田代萌奈さんはここでもいくらか声を抑えている。

「すぐに戻るのもあれなんで、その辺をひとまわりして戻りました。で、ドアポストを見たら、これが入ってたんですよ」

田代萌奈さんは、わきのくつ箱の上に置かれていたハガキを手にとって僕に見せた。DMハガキだ。ドラッグストアの。

「出かける前は入ってなかったから、その人が入れたんだと思います。宛名はわたし。合ってます」

ようやく事情を理解する。これは横尾さんにされた取材みたいなことではない。質問をされているのですらない。僕は今、誤配の苦情を受けているのだ。

「まちがえてお隣に入れてしまったんですね。すいません」

素早くヘルメットをとり、頭を下げる。

「これ、本当は隣のその人が郵便屋さんに言うべきなんでしょうけど」田代萌奈さんは僕にこう尋ねる。「言ってきては、いないですよね？」

「そう、ですね。それは、えーと、昨日ですか？」

「昨日です」

たまに書留が来るので、二〇二号室の安田雅巳さんとは何度か顔を合わせたことがある。歳は三十すぎぐらい。丁寧な人だ。横尾さんではないが、書留が再配達になったときは、何度もすいません、と言ってくれる。局に苦情の電話をかけてくる感じの人ではない。

「届いたんだからいいでしょって思うかもしれませんけど」と田代萌奈さんが言い、

「いえ、それは」と僕が言う。

「見られて困るものじゃないから、いいことはいいんですよ。隣の人も、善意でしてくれたというか、そうするしかなかったんでしょうし。それには感謝してます。お礼も言いたいです。わたしがまちがえて入れられた側でも、同じことをしたと思います。で、こういうことは言わなかったかもしれません。むしろ、まちがえて入れられた側になるほうがいいから」

　そこは何とも言えないので、僕はただうなずく。

「郵便屋さんはまちがえて配達したけど、隣の人のおかげでそのまちがいは解消された。でもこれは、やっぱりダメですよね」

「はい」

「隣の人にわたしの名前を知られて。わたしがそのドラッグストアを利用してることも会員であることも知られて。個人情報は洩れちゃったわけだし」

「おっしゃるとおりです」

「その人を疑ってるわけじゃないんですよ。情報を利用して何かするとか、そんなふうに思ってるわけじゃないです。たぶん、ハガキをしっかり見もしなかったでしょうし、もうわたしの名前を覚えてもいないでしょうし。それはわかるんですよ。でもやっぱり、いやなんですよ」

「はい。おっしゃることはよくわかります。注意が足りませんでした。申し訳ありません」

　昨日なら、火曜日。配達したのは五味くんだ。誤配。精密機械の五味くんにしては珍しい。

五味くんは本当に精密なのだ。手区分も正確。のみならず、速い。お前、区分機に勝てんじゃね？　と谷さんからは言われている。スパコンにも勝てるんじゃない？　と美郷さんからも言われている。どちらにも勝てません、と五味くんは真顔で返すのだが。

そんな五味くんも、体力勝負の面もある配達はそんなに速くない。が、慎重にやる。宛名の確認を怠ったとは思えない。

ＤＭハガキが糊(のり)でくっついていたパターン、かもしれない。よくあるのだ。次のハガキにぴったりくっついてしまっている、というようなことが。そうなると、気づけない。それで誤配をされた人が、どうしたらいいかわからないからと局に電話をかけてきて、でもあれじゃ誤配するのも無理はない、と言ってくれたりもするくらいだ。

差出人さんがドラッグストアなら、なおあり得る。同じアパートの住人が同じ店を利用していてもおかしくない。その店が会員を住所ごとに管理しているなら、隣人同士のハガキがやはり隣同士になっていてもおかしくない。

誤配された人が正しい宛先に届けてくれる。そんなこともたまにある。アパートやマンションの隣室だけでなく、一戸建ての隣のブロックのお宅に届けてくれる人もいる。ありがたい。こんなにありがたいことはない。僕らの知らないところで、そんなことは何度も起きているのだと思う。

が。それでよしとしてはダメなのだ。マイナスがゼロになったと思ってはいけない。マイナス十がマイナス五になっただけ。まちがいは解消されたとしても、誤配をしたという事実までもがなくなるわけではない。田代萌奈さんが言うとおり。個人情報が洩れたという事実は残ってしまう。

だから、誤配には本当に気をつける。住所の番地自体は同じで部屋番号だけがちがう集合住宅は特に。

リヴィエール蜜葉の居住者は六人。名前は全員わかる。

一〇一号室は戸塚佐和子さん。一〇二号室は宮下義博さん。一〇三号室は門田雪奈さん。二〇一号室は栗須増美（クリスマス！）さん。そして二〇二号室が安田雅巳さんで、二〇三号室が田代萌奈さん。

これは自分でも不思議。例えば局にいるときに、リヴィエール蜜葉の居住者名を一〇一号室から順に述べよ、と言われたら、すぐには出てこない。考える時間が必要。でも現地ではすんなり出るのだ。場所と人が結びついているのだと思う。

で、二階の栗須さんと安田さん。増美さんと雅巳さんで名前の音が似ているが、これはあまり問題にならない。まず漢字がちがうし、性別がちがうことも何となくわかるから。

田代さんと門田さん。これはちょっとあぶない。階がちがうが、三号室であることは同じ。名前も田と奈が同じ。二文字が重なる。でも同じアパートでのそれは、かえって気をつける。実際、田代萌奈さんが入居してから、その二室での誤配は一度もないはずだ。

ただ、やはりこんなことは起こる。気をつけていても起こる。起きたときに指摘してもらうしかない。指摘されたら、謝るしかない。

「隣の人を知ってればよかったんですけど。知らないんですよね。たまたま会うこともまずないし」

僕も前はアパートに住んでいたからよくわかる。実際、そうなのだ。隣の人のことは、男性か女性かぐらいしか知らなかった。隣以外の人のことはまったく何も知らなかった。

「すいませんでした。これから気をつけます」

そう言って、再度頭を下げる。

「もういいです。別に怒ってるわけではないので」そして田代萌奈さんは言う。「何かわたし、春行に文句を言ってるみたいになっちゃいましたよ」

「はい？」

「郵便屋さん。似てますよね、春行に」

驚いた。まさかここでこれが来るとは。

「かなり似てますよ。言われますよね？　実際」

「えーと、はい。たまに」

「ドアを開けて顔を見たとき、あっ！　と思いました。ヘルメットをとったときは、えっ？　と」

「そうでしたか」

「ヘルメットをとったら、そんなには似てないか、となるかと思ったら逆でした。より似ちゃいました。テレビでよくあるじゃないですか。芸能人が店員さんとかになりすまして一般人を驚かす、みたいなの。あれかと思いましたよ」

これもたまに言われる。ドッキリ番組だと思われるのだ。一度、どこにカメラがあるの？　と訊かれたこともある。

「だから、今、ちょっと気まずいです」

ここで僕がそう言うのも変だよなぁ、と思いつつ、言ってしまう。

「すいません」

それを聞いて、田代萌奈さんが初めてちょっと笑う。

「いや、春行に似てるのは郵便屋さんのせいじゃないし」

「あぁ。はい」

「わたし、春行は結構好きだし」

「そうなんですか」

ありがとうございます、と言いたいが、言えない。僕にしてみれば、兄を好いてくれてありがとうございます、ということなのだが、伝わらない。春行似を鼻にかけた郵便屋、と思われてしまう。

「このハガキのことを郵便屋さんに言うか言わないかは、すごく迷ったんですよ。こういうの、誤配って言うんですよね？」

「そうですね」

「その誤配とは全然ちがうんですけど。何年か前に、わたし自身がメールをまちがえて送っちゃったことがあって」

「メール、ですか」

「はい。手紙とかの郵便じゃなくて、ケータイのメール。友だちについて書いたメールを、まちがえてその友だち自身に送っちゃったんですよ。そういうこと、ないですか？」

「一度ぐらいは、あったかもしれません」

「文字を打ち終わったらすぐに送ったりしますよね。はい、終了。はい、送信。みたいに。直前に、あれっとは思ったんですよ。でも指は止まりませんでした。勢いでというか、流れでそのまま送信」

わかる。配達でもそれはある。一日に何百回もする動作。慣れてしまい、体が勝手に動くのだ。もちろん、宛名の確認はする。その確認までもが慣れになってしまう。直前に、あれっと思っても、郵便物は指から離れてしまう。ドアポストのなかに落ちていってしまう。

「その友だちのことを考えて文字を打ってたから、そこへの意識が強かったんでしょうね。だからこそ無意識に送信先もその子にしちゃったんだと思います。確認はしたつもりなんですけど、それはもう惰性っていうか、したつもりになっただけ。結局、送っちゃいました。完全にわたしのミス。すぐに気づいたんですけど、遅かったです。その友だちも、文面からすぐに気づいたと思います。わたしがまちがえて送ったんだなって。ひどい悪口というわけではなかったんですよ。ちょっとした不満ていうくらいで。あれはないよね、とかそういう感じの」

「あぁ」

「ただ、言われた本人が見たら、悪口だと感じちゃいますよね。そう思ってるなら直接言ってよ、にもなるだろうし。わたしにしてみれば、直接言うほどのことではないからついほかの友だちに言っちゃっただけなんですけど」

それもわかる。言った側と言われた側のギャップ。本人に言えないなら、それはもう悪口。人はそう考えて行動するしかないのだろう。

「それで、どうなったんですか？」と尋ねてみる。

「ごめん、というメールがその友だちから来ました。何分か後に。その三文字だけ。わたしも迷ってたんですよ。ヤバい、どうしよう、まちがえたことを説明して謝ろうかって。でもあれこれ考えてるうちにそうなっちゃって。かなりこたえました。怒ってくれたほうがずっとよかった。でもそうなったら怒れないですよね。悪いのはわたし。わかってます。裏ではこんなこと言ってたのか、これが本音なのかって、思っちゃいますよ。わたしなら思いますもん」

「で、田代さんは」

「そのあと、本気で謝りました。それはメールじゃなく、電話で。ちがうの、そうじゃないのって、説明すればするほど言い訳みたいになりましたよ。というか、言い訳なんですけど」

「お友だちは」

「もういいよって言ってくれました。そのことではわたしも悪かったしって。そのことっていうのは、わたしが別の友だちに向けたつもりでメールに書いちゃったこと、ですけど」

「そう言ってくれたなら、よかったんじゃないですか？」

「よかったです。でも、わだかまりは今も残ってるような気がします。それは三年ぐらい前のことなんですけど、関係はちょっと変わっちゃったかも。その友だちがあまり踏みこんでこなくなったというか、一歩引くようになったというか。わたしがそうさせちゃったんですよね。だから、何か、そういうことにすごく敏感になっちゃって」

「そういうこと、というのは」

「情報が、送られるべきところじゃないところに送られちゃうことというか、知る必要のない人に知らせちゃうことというか。まあ、今回のことは、本当にまったく別のことなんですけど」

誤送信と誤配。まったく別、ではない。不都合が生じてしまうという意味では同じだ。

田代萌奈さんの誤送信は、自身のミスだから、しかたないと言えないこともない。でも郵便の誤配はちがう。僕ら配達員がしたミスで、たまたま受取人であった田代萌奈さんに害が及んでしまうのだ。それをしかたないとは言えない。

「だから悪く思わないでください」と田代萌奈さんが言う。

「もちろんです。ミスをしたのはこちらですし、お隣のかたにもご迷惑をかけてしまいました。本当にすいませんでした」

「もうだいじょうぶです。話せて、ちょっとすっきりしました。というか、まさかここまで話しちゃうとは」

「では、これで失礼します。また何かありましたら、遠慮なくおっしゃってください。これからも郵便をよろしくお願いします」

ドアを開けて外に出る。静かに閉め、静かに階段を下りる。

よかった、と思う。誤配をしてしまったのだからよくはない。が、よかった。それが実感だ。あとはもう、とにかく気をつけるだけ。気をつけられるだけ気をつけ、それでも誤配をしてしまったら本気で謝るだけ。

バイクを出し、残りの配達をしながら考えた。

僕は春行に似ている。自分ではそこまでそっくりだとは思わないが、似ていることは認めざるを得ない。これまで何百回何千回と言われてきた。今も週に一度は言われる。正直、面倒だと思うこともある。でもたまにはこんなふうにたすけられることもある。

僕が春行に似ていなければ、こうはならなかった。田代萌奈さんもあそこまでは話してくれなかったはずだ。自分の知らないところでも力を存分に発揮してしまう春行。すごい。

誤配の指摘を受け、ちょっと重い気分で帰還。

でも局では清涼剤が僕を待っていた。同じ班の山浦善晴さんだ。山浦さん自身が清涼剤というわけではない。山浦さんは三十六歳。本人の言葉を借りれば、ただの野球好きなおっさん、だ。好きなのは、やるほうではなく、観るほう。でも子どもが生まれてからは、なかなか観戦にも行けない。行きたい気持ちはあるのだが、どうしてもチケット代を惜しんでしまうのだ。今は我慢。年二回程度に抑えている。市役所や新聞の自由席招待券プレゼントを見つけてはせっせと応募しているそうだ。

清涼剤は、山浦さんと奥さんひかりさんの娘、山浦小波ちゃん、の写真だ。山浦さんは、個展でも開けそうなくらい小波ちゃんの写真を撮りまくっている。みつば局に異動してきた去年もそうだったが、今年もそう。小波ちゃんは今三歳だから、しばらくは続くだろう。山浦さんなら、小波ちゃんが成人するまで、いや、そのあとも撮りつづけるかもしれない。

山浦さんと僕が転送や還付の処理を終えたのはほぼ同時。で、定時になり、勤務も終了。

あらためて声をかける。

「おつかれさまです」

「おつかれさま」

「新作、あります?」

「あるよ。いつだって新作はあるよ。毎日あるよ」

僕自身がもう、小波ちゃんの新作、とすら言わない。新作、だけで通じるのだ。

山浦さんがさっそく見せてくれる。スマホそのものを僕に渡してくる。ご自由にどうぞ、という感じに。

見る。小波ちゃん。今日も、というか昨日もいい。

山浦さんは、小波ちゃんが笑っている写真ばかりを撮るわけではない。泣いている写真も撮るし、怒っている写真も撮る。どれもかわいい。怒っている写真までもがかわいいなんて、この時期だけだろう。

さすがに毎日見せてもらうわけではない。一週間分をまとめて見る。だから結構な量にもなる。

そうやって何枚も見ているうちに、僕自身の見方も変わってきた。初めは小波ちゃんがこちらを見ているもの、つまり撮ってる山浦パパを見ている写真がいい、と思っていた。でも今は、小波ちゃんがこちらを見ていないもの、撮られてることに気づいていないものもいい、と思うようになった。素の顔。それが笑顔のときは抜群にいい。

遅れて美郷さんもやってきたので、僕は山浦さんのスマホバトンをリレーした。

美郷さんが写真を見て、山浦さんに言う。

「お、育ってるじゃないですか」

「いや、昨日も見たでしょ」

「このくらいの子どもは一日で育ちますよ。親はずっと一緒にいるから、逆にわからないのかも」

「筒井さんもずっと一緒にいるようなもんでしょ。ほぼ毎日見てるんだし」

瀬戸夫妻同様、山浦夫妻にも子どもが生まれることになっている。小波ちゃんに続く第二子。性別もわかっている。また女の子だという。予定日は十一月。やはり瀬戸夫妻と同じだ。

妹が生まれたら、小波ちゃんの写真が少しは減るのか。それとも、単純に写真の数が倍になるのか。倍。と僕は見ている。

ちなみに、セトッチのところも性別が判明した。男の子だ。ちょっと前に連絡があった。では名前は佳久になったのかと思ったら、ちがった。そこは逆転で、未久になった。ミクくんだ。僕が瀬戸家を訪ねたとき、男の子でミクくんもありだと未佳さんが言っていた、その未久くん。

よかった。僕が変に絡んだ感じもそれで薄れた。僕が想定していたのは、女の子の未久ちゃんだから。瀬戸未久。男の子。ベスト。

小波ちゃんの新作を見終えてから、美郷さんと少し話をした。

田代萌奈さん宅であったことを簡潔に伝えた。みつば一区を担当することもある美郷さんには伝えておこうと思ったのだ。

話を聞くと、美郷さんは言った。

「そっか。気持ちはわからないでもないな。知られるのはいやだもんね。それがどこそこのドラッグストアの会員になってるという程度の情報でも。知らせる必要はないわけだから」

「うん」

「リヴィエール二〇三の田代萌奈さん。わたしも気をつけるよ。DMハガキの糊パターンに注意する」

「お願いします。五味くんには、僕が明日言うから」

「了解。ところでさ、リヴィエールって、何？」

「川、じゃないかな」

「そうなの？」

「たぶん。リバーのフランス語、なのかな」

「じゃあ、蜜葉川の川か」

「だから表記も漢字の蜜葉にしたんでしょ」

「アパート名によくあるリバーサイドみたいなもんだ。サイドと言えるほど近くはないからそうしたのかもね」

「うん。海はそこまで近くないけどメゾンしおさい、みたいなもんなんでしょ」


メゾンしおさいとリヴィエール蜜葉は外観が少し似ている。ともに淡い水色なのだ。海と川。水絡みの名前だからそうしたのだと思う。

そのメゾンしおさいに行く前に。

夏だ。梅雨が明けたらもう一気に夏。

梅雨の場合は、梅雨入りしたからといって一気に雨が降るわけでもないが、夏は別。一気。容赦なし。たまに雨を交えるが、それはゲリラ豪雨だったりする。

夏は晴れていれば空が青い。でも、雲一つない快晴、はそんなに多くない。夏の青い空は白い雲とセット。入道雲がもくもく出ている印象がある。

ただ、今日は快晴。これならゲリラなし。はっきりそう思える。天気予報によれば、降水確率もゼロ。だから後ろのキャリーボックスに雨ガッパも入れてない。それでも午後から不意に現れたりするのがゲリラだが、今日はそれもなさそうだ。

その代わり。

暑、暑、暑、暑、が止まらない。

局を出て二分で声が出た。もうバイクで走っても涼しくない。風が起きても熱風。それに全身をなぶられる。こうなったら夏も本物だ。春だと、暖かくはなってもバイクで走れば寒いこともある。夏にそれはない。

寒、寒、寒、寒、のほうが僕は苦手なのだが、これはこれでキツい。こまめに水分をとらないと、本当に体が参ってしまう。

実際、ちょっとマズいな、と感じることがひと夏に一度ぐらいはある。たいていはあとで気づく。ふらつくとか倒れるとか、そういうことではないが、家に帰ったあともバテた感じが続くのだ。たぶん、軽い熱中症にはなっているのだと思う。水分補給が足りなかったのだ。若いからまだどうにかなってるだけ。僕もじき三十。これからは気をつけなければいけない。

何であれ。暑、暑、暑、暑。

言いながら、みつば一区をまわる。言いすぎるせいで、時には変なメロディもつく。ロングヴァージョンにもなる。

ここは道もまっすぐで配達はしやすいが、夏は暑い。アスファルトの路面から熱気が立ち昇ってくるのだ。四葉とちがって緑が少ないから、木陰も少ない。みつば二区とちがってマンションが少ないから、日陰も少ない。

特にお昼。太陽が高いときは自分の影もできない。それでいて、休める場所も少ない。みつば第二公園ぐらい。だから、通りででもバイクを停めてペットボトルの水を飲んでしまう。キャリーボックスのなかで温められ、そのころにはもうすでに白湯（さゆ）となった水をだ。

そして午後一時すぎにメゾンしおさいに差しかかる。

こうも暑いと少しは期待してしまう。しちゃダメでしょ、と思いつつ、してしまう。その期待にきちんと応えてくれるのがこの人だ。一〇三号室、片岡泉（かたおかいずみ）さん。

今日は一階の三室に郵便物はないので、二階へ直行した。静かに階段を上り、静かに通路を歩き、二〇一号室のドアポストに封書を入れて、戻る。バテてくると、静かに歩くのも大変だ。そうするためには足に力を入れなければならない。

それでもどうにか静かに階段を下り、駐車スペースに駐めたバイクのところへ戻った。

そこで当たり前のように一〇三号室のドアが開き、サンダルをつっかけた片岡泉さんが当たり前のように出てきた。二本のペットボトルを持っている。こちらに向かって歩いてくる。

第一声はこれだ。

「あち～」

ほんとに？　と思う。暑いのを疑ったわけではない。期待どおりに出てきてくれたことに驚いたのだ。

「こんにちは」と言う。「今日は、ないです」

郵便物はないです、ということだ。

「了解。すぐに階段に行ったから、そうだと思った」片岡泉さんは続ける。「これさ、四十度とか、ない？」

「そこまではいかないと思いますけど」

「でも体感温度はそのくらいでしょ。甲子園でしょ」

片岡泉さんの口から甲子園が出てきたことに、つい笑う。

「ん、何？」

「片岡さん、高校野球とか見るんですか？」

「見ない。でもよく言うじゃない、甲子園は暑いって。テレビとかでも、暑さを表現するときによくつかうし。あ、でもあれだ、テルちんはよく見るよ。高校野球」

「そうなんですか」

「白球を追うとか、血と汗と涙とか、そういうのが好きなのよ」

「血は、出ないと思いますけどね。高校野球では」

「と、そんなことはいいからさ、飲も。はい」

片岡泉さんにペットボトルを差しだされ、すんなり受けとってしまう。

「すいません。ありがとうございます」

期待してしまったことは恥ずかしいが、その恥ずかしい期待に応えてくれたことはうれしい。

「座ろ」

「はい」

駐車スペースとのあいだにある段に座る。定位置だ。そのうち僕らのお尻の形で凹みができるのではないかと思う。

「みつば高は、甲子園に出ないの?」と片岡泉さんが言う。

「出ないんじゃないですかね。強いとは聞かないですし」

「出たらわたし応援しそう。野球とか興味ないのに」

「地元の学校が出たら、うれしいですもんね」

「うん。テルちんもわたし以上に熱くなりそう。地元でも何でもないのに」

「カノジョの地元はカレシの地元でもあるということで、いいんじゃないですかね」

「おぉ。何、もう言っちゃうの?」

「何ですか?」

「郵便屋さんの今年の一言。カノジョの地元はカレシの地元」

「いや、そんな大したものでは」

「それにしても。暑いねぇ」

「暑いですねぇ」

「あんまり暑いからさ、髪、結構切っちゃったよ」

「そういえば、そうですね」

片岡泉さんの髪は茶色い。去年も少し短くなったが、今年はそれ以上。

「ここ何日かはほんとに暑いじゃない。丸坊主にしちゃおうかと思ったよ。それこそ甲子園の子たちみたいに」

「最近はみんながみんな丸坊主というわけではないみたいですよ」

「そうなの？」

「はい」

「なのにわたしが丸坊主にしたら変か」

「なのにということではないと思いますけどね」

「ほら、飲んで」

「いただきます」

キャップを開け、一口飲む。そして、二口、三口。

「あぁ」と声が出る。「おいしいです」

「ほんとにおいしそうに言うよね」

「ほんとにおいしいですよ。ジャスミン茶、ですか」

「そう。こないだ買ってみたらおいしかったから。ずっとこれだと飽きるかもしれないけど、たまにはよくない？」

「いいです。すごくいいですよ。僕は飽きないかもしれません」

梅こぶ茶もいいが、ジャスミン茶もいい。独特の香りがある。おいしい。味自体は緑茶とちがうのか、よくわからない。香りと味は分けられないのだな、と思う。

僕はコーヒーも好きだが、お茶も好き。緑茶もほうじ茶も好き。よほどの出がらしでない限り、お茶を飲んでおいしくないと思ったことがない。

「これさ、いつもよりちょっと冷たいと思わない？」

「あ、そう言われてみれば」

「冷凍庫に入れて冷やしたの」

「それは、いいんでしたっけ」

「たぶん、よくない。凍らせるとキャップが変形したりするって話。でも、ほら、凍らせるつもりではないから。郵便屋さんはだいたい今ごろ来るでしょ？　だからお昼前に入れといたの。ちょうど冷え冷えになるように」

「わざわざそうしてくれたんですか？」

「わざわざって言うとヤラしいけど。まあ、そう」

「ありがとうございます。確かに冷たいです。その分、おいしいです」

「来たのが郵便屋さんじゃなかったらどうしようとも思ったけどね。そしたら来たその人にあげればいいやって。最近よく見るあのおとなしそうな子なら、もらってくれるでしょ」

最近よく見るあのおとなしそうな子。五味くんだろう。

「さすがにあの子とこんなふうに話したりはしないけど。お茶もらっていやな人もいないだろうしね。あ、でも警戒はされるかな。郵便物も来てないのにいきなりお茶を渡されたら」

「しないと思います。片岡さんは受取人さんですし」

「春行みたいな芸能人はファンからもらったものを食べないとかって、よく言うじゃない。そもそも食べものや飲みものはもらわないとか」

「芸能人はそうかもしれないですけど、僕らはちがいますよ」

片岡泉さんは春行が僕の兄であることを知っている。初めから明かしたわけではない。年月をかけて明かした。実際、それだけの年月が経っているのだ。片岡泉さんと知り合ってから。

リヴィエール蜜葉で田代萌奈さんに声をかけられ、玄関に招き入れられたあのとき。片岡泉さんのことをふと思いだした。まさにあの感じだったのだ。僕らの初対面も。

いや、あれどころではない。これぞまさにの苦情だった。誤配に対しての苦情だ。ただ、それは郵便物ではなかった。他社さんのメール便だったのだ。片岡泉さんの勘ちがい。それからいろいろあって、こうなっている。こうなって、もう長い。片岡泉さんは毎年夏になるとペットボトルのお茶やアイスをくれる。そしてこんなふうに僕と少し話す。

会ったからには訊いてみたいが、さすがに自分から訊くのはなぁ。

と思っていたら、片岡泉さんが言う。

「テルちんさ、一年延長になっちゃったよ」

「え、そうなんですか?」

「そう。二年が三年になっちゃった」

高校野球が好きだというテルちん。大手商社に勤める木村輝伸さん。片岡泉さんより二歳下。二年の予定でロンドンの支社にいた。それが三年になったということだ。

「今年の二月ぐらいに決まったの。まさかそうなったりして、と思ってたら、ほんとになっちゃった。そんなもんだよね、会社なんて。予定はあっさり変わっちゃう。

変わったから、ですませちゃう。ただ、そこまで。あと一年だけ。さらにもう一年、はない。そこは確約してくれたみたい」

「それは、よかったですね」

「といっても、わかんないけどね。それだって、予定。やっぱもう一年、もあり得るし」

　確かにそうだろう。会社人事に絶対はない。それは僕らも同じ。

「今年、片岡さんがロンドンに行ったりは」

「してない。また年末年始にテルちんが帰ってきただけ。ここにも来たよ。成田から直行。空港でハグもした。テルちん、前回ほどは泣かなかったよ」

「ということは、泣きはしたんですか」

「した。甲子園で負けた子たち程度には泣いたかな」

「それは、結構な泣き、じゃないですか？」

「今の子たちはそんなに泣かないんじゃないの？」

「どうなんでしょう」

「人によるか」

「片岡さんは、どうでした？」

「ちょっと泣いた。テルちんが泣いたら、こっちも泣いちゃうよ。涙を見たら、涙は出ちゃう」

「夏休みにも行ったりはしないんですか、ロンドン」

「考えはしたけど。キツいかな。お金がかかるし、仕事もあるし」

仕事。服屋さんだ。初めはアルバイトだったが、二年前に正社員になった。

「やっぱり、アルバイトの子たちに店をまかせてわたしが一週間休むのはキツいしさ。五日でもキツい。せいぜい三日。今回我慢すれば終わりだから、することにしたよ。ほんとに今回で終わりでしょうね、と疑いつつ、我慢」

「終わるといいですね」

「うん。ロンドンは、一度行ってみたいけどね。郵便屋さん、外国に行ったことある？」

「ないです」

「一度も？」

「はい」

「ハワイも韓国も？」

「はい」

「行きたくないの？」

「そういうわけではないですけど。これまでは行く機会がなかったですね」

「郵便屋さんは年末年始は無理だもんね」

「夏は行けますけどね。行こうと思えばいくらでも」

「行こうと思わなかったんだ？」

「そう、ですね。結局、めんどくさがりなのかもしれません」

「カノジョと行けばいいのに」

「うーん。向こうもそこまで行きたくは、ないんですかね」

「あ、認めた。カノジョがいるって」

「はい。いますよ」

「あっさり言った！　カマをかけたつもりなのに」

「カマをかけたんですか？」

「かけた」

「どれがカマですか？」

「カノジョと行けばいいのにってやつ」

「あぁ。なるほど」

「何だ。言うんだね」

「訊かれれば言いますよ。隠すことではないですし」

「わたし、これまで訊かなかった？」

「と思います。訊かれたら、たぶん、言ってます」

「ならもっと早く訊けばよかった。訊かれなくても言ってよ」

「僕が自分から言うのは変ですよ」

「変？」

「じゃないですか？　郵便配達員が受取人さんに、僕カノジョいます、なんて言いませんよ」

「でもわたしはテルちんのことをベラベラしゃべってるし」

「木村さんは、僕自身がここで何度かお会いしてますからね」

会っている。こうして休んでいるときに木村輝伸さんが訪ねてきたこともある。

片岡泉さんがジャスミン茶を一口飲んで、言う。

「郵便屋さん、実はね」

「はい」

「わたし、こないだ見ちゃった」

「何をですか？」

「私服の郵便屋さん。ヤバい！　と思った」

「何でですか。ヤバくないですよ。通勤のときはいつも私服ですし」

「でも通勤の感じではなかったの。土曜日の夜だったし」

「よくわかりましたね」

「郵便屋さんはわかるよ。だって、わたしのダーリンだもん」

「でしたら、声をかけてくだされば」

「かけられないよ。女の人と二人でいたから」

「あぁ。そういうことですか。土曜日。はいはい」と一人納得する。

僕がたまきと駅前の大型スーパーかコンビニに行くところを見たのだろう。

「わたし、かなりあせった。ゲゲッと思った」

言葉はスルリと出る。

「それがカノジョですよ。みつばに住んでます。この近くですよ」

「そうなんだ」

「はい」

「いつから？」

「えーと、四年前から、ですね」

「じゃあ、わたしとテルちんと同じくらいじゃん。見たときはさ、ササッとものかげに隠れちゃったよ。わたしのダーリンが、と思って、ショックだった」

「ダーリンは木村さんですよ」

「そうだけど。表のダーリンは郵便屋さんだもん」

「いやいや。表のダーリンこそが木村さんじゃないですか」

「でも郵便屋さんは裏っぽくない。表というか、公的な感じがするよ」

「それはいいですね。公的なダーリン」

「公的なというか、この町の、だね。この町のダーリン」

「おぉ。カッコいい。のか悪いのか、よくわかりませんね」

「殿堂入りポストマンにしてこの町のダーリン。まちがいなく、カッコいいでしょ」

「いや、まちがいなくカッコ悪いような」

「自分で言ったらカッコ悪いけど、人に言われるならカッコいいよ」

「それもまたカッコ悪いような」

片岡泉さんが笑う。そしてジャスミン茶を飲む。

僕も笑い、飲む。ジャスミンの香りが口や鼻に広がる。町にもそれが広がったような気がする。

「カノジョは歳下？」

「上です。二歳上。木村さんと片岡さんと同じですね」

「何してる人？」

「翻訳家です。英語を日本語に訳したり、たまには日本語を英語に訳したりしてます」

「すごいね。英語ができるんだ」

「そうですね。それは僕もすごいと思います」

「出版社かどこかに勤めてるっていうこと？」

「いえ。一人でやってます。自宅で仕事をしてますよ。アパートで」

「へぇ。それがこの近くなの」

「はい」

「郵便屋さんが配達してるんだ。カノジョのところに」

「そうですね」

「じゃあ、毎日会えるじゃん」

「会いませんよ」

「郵便物があっても？」

「あっても。ドアポストに入れて終わりです。書留でもあればハンコをもらいますけど。そんなことはあまりないですし」

「カノジョ、いいなぁ。ドアポストに郵便物が入れられる音で、あ、カレシだって思えるわけでしょ？」

「でも来たのが僕だとは限りませんし」

「いやぁ。足音でわかるよ。わたしだって、郵便屋さんならわかるもん。あ、ダーリン来たって思う。階段を上る音とか、ほかの人とはやっぱりちがうし。だから今日もわかったんだもん。わかったから、速攻で冷凍庫からお茶出して、サンダル履いて、ゴー！」

「そうだったんですね」

「ほんと、うらやましい。近くにカレシがいてくれるのはいいよ」

その言葉を、ロンドンの木村輝伸さんに聞かせてあげたい。そう言った今の片岡泉さんの顔も見せてあげたい。

「郵便屋さん、カノジョいたかぁ。そりゃいるよね。顔は春行でそのうえ優しいんだから、いないわけないよ。超ショック。でも、ちょっとうれしい」

「何がですか？」

「郵便屋さんがそれをわたしに言ってくれたことが」

「だったら、僕も言ってよかったですよ」

「郵便屋さんが言ってくれたんだから、わたしも言っちゃおうかな」

「何ですか？」

「日本に戻ったら結婚したいって、テルちんが言ってくれた」

「プロポーズされた、ということですか？」

「まだそこまではいってない。あくまでも現時点でのテルちんの希望」

「でもそれはもうプロポーズであるような」

「会社の人事の話と同じで、先のことだからどうなるかはわからないよ。テルちゃんの気が変わるかもしれないし、わたしの気が変わるかもしれない」

「今そう言ってるということは、片岡さんも現時点ではそのつもりだということですよね？」

「一応、そのつもり。だってさ、うれしかったもん」片岡泉さんはジャスミン茶を一口飲んで続ける。「ムチャクチャうれしかったよ」もう一口飲んで続ける。「これまでで一番うれしかったかも」

前の道を人が通る。男性と女性。カップルではない。別々。

二人が通りすぎるのを待って、片岡泉さんが言う。

「例えばさ」

「はい」

「これまでいろんなことがあって、これからも、たぶん、いろんなことがあって、わたしはおばあちゃんになる。そのときに思いだすのは、案外こんな時間のことなのかもね」

「こんな時間、というのは」

「郵便屋さんとこんなふうにお茶を飲んだ時間」

「すき間の時間、なんですかね。何かと何かのつなぎ目の時間というか」

「あぁ。そうなのかもね。わたしはこうやって何かと何かをつないでる。そのつなぎ目を確認してんの。いいね。つなぎ目の時間。郵便屋さんの今年の一言はこれだ。さっきのじゃなくて」

「僕は、片岡さんが言った、この町のダーリン、も好きですけどね。いいなと、じわじわ思うようになってきました」

「この町のダーリンとのちっともやましくない秘密の時間を、思いだしたいな。おばあちゃんになったら」

「ちっともやましくない秘密の時間、もいいですね」

「前にさ、やっぱりここで、二十歳から二十五歳はいい五年ていう話、したじゃない」

「しましたね」

「そのいい五年が過ぎて、わたし、次でもう二十八」

「僕は次で三十ですよ」

「時間が経つの、速くない？」

「速いです。三十を過ぎるともっと速くなるって言いますよね」

「郵便屋さんと知り合って、テルちんと付き合って、バイトから正社員になって、テルちんがロンドンに異動して。わたしもちょっとは経験を積んだのかもしれないけど。そういうのの活かし方って、よくわかんないじゃない」

「わかんないですね」

「会社でも、これまでの経験を活かして、とか言われるけど、具体的じゃないから今イチぴんと来ない」

「言ってるその人も何となく言ってるだけで、ぴんと来てないんでしょうね」

「わたしもそう思う」

「ということは、みんなそうなんですよ」

「かもね。それでさ、ゼロベースって言葉があるでしょ？」

「ありますね」

「わたし、ずっと勘ちがいしてたの。フラットに考える、みたいなことだと思ってた。でもちがうのね。ものごとを初めからやり直すとか、ゼロから検討し直すとか、そういう意味なの。で、それはいいな、と思った」

「どういうことですか？」

「経験を活かすとかじゃなくて。むしろ経験を積んだからこそ、常にゼロベースでいけばいいのかなって」

「常にゼロベース」

「そう。毎日ゼロベース。仕事ともテルちんとも毎回初めからっていうつもりで向き合う。あくまでも自分のなかでってことだけどね。でもそんなふうに考えたら、ちょっと新鮮な気持ちになれたよ。そしたらジャスミン茶を冷凍庫に入れることを思いついた」

「それは、これまでの経験があるから、のような気もしますけど」

「そう言わないでよ。経験は経験で、あっていいの。なくなられたら困る。身にはなってるはずだから、意識してなくてもどっかでは活きる。ただ、無理に活かそうとはしない。そこはあえて無視」

片岡泉さん。その横顔を見る。

笑っている。ジャスミン茶を飲んでいる。

木村輝伸さんと結婚するなら、来年はもうここでこんなことをしてはいないかもしれない。

自分がおじいちゃんになったとき、片岡泉さんとお茶を飲んだこの時間のことを思いだせたらいいな、と思う。


今日は何日かぶりの三区。四葉。

ここは木が多いからたすかる。夏の木陰はまさにオアシス。僕は木の影に合わせてバイクを駐める。シートに座って休んだときに自分の頭や体が影と重なるよう調整する。それだけでちがうのだ。体感温度が下がるのをはっきりと感じる。

四葉は高台に位置している。みつばとちがって埋立地ではない。もとからあった土地。昔は市役所もこちらにあった。みつばに移転して何十年にもなるから、庁舎は残っていない。その跡地に建てられたのがハートマートの四葉店だ。横尾さんもみつばから歩いて買物に行くという。

そのハートマートに四葉小学校に四葉中学校、そして葬儀社の四葉クローバーライフに地ビール会社の蜜葉ビールに空手の至明館道場、さらには昭和ライジング工業に四葉自動車教習所と、合間に木陰休憩を挟みつつ、順調に配達した。

四葉小学校では、久しぶりに青野幸子先生に郵便物を渡した。

夏休みでも学校に先生はいる。たぶん、学期中にはできないことがいろいろあるのだ。それでも、やはり学期中よりはゆるやかな時間が流れている。

今日はお茶どうですか？　と青野先生は言ってくれたが、郵便物の量がいつもより多かったので、泣く泣く辞退した。

僕に梅こぶ茶を紹介してくれたのがこの青野先生だ。当時はまだ旧姓の鳥越先生。青森に住むお父さんが大量に送ってきたその梅こぶ茶をほかの先生におすそ分けするべく、学校に持ってきた。それを、先生でも何でもない僕が頂いたのだ。職員室で。

ちなみに、青野先生のダンナさんも先生だ。青野祥輔先生。同じ四葉小にいたが、今年の四月によその小学校へ移った。祥輔先生、異動したよ。と、四葉を担当することが多い美郷さんに聞いた。

で、前半の配達を終え、四葉でランチ。今日はどうしようかな、と思う。みつば一区や二区なら局に戻って食べることもあるが、四葉だと時間のロスになるのでそれはしない。コンビニで何か買って神社で、となることが多い。雨の日なら、蜜葉川にかかる橋の下で、となることもある。

暦の上では残暑でも、実際にはまだ真夏。例によって、暑、暑、暑、暑、を唱えつつ、冷房に思いを馳せる。結果、今日は『ソーアン』で、と決める。

バー『ソーアン』だ。小さな音でロックを流す店。休日前夜にはたまきと行ったりもする。

バーと言いながら、ランチ営業もしているのだ。サンドウィッチやハンバーガーを出す。アボカドバーガーはかなりうまい。バーのランチだからちょっと高いが、たまに行く。マスターの吉野草安さんはお代わりのコーヒーをタダにしてくれたりする。悪いなぁ、と思いつつ、行ってしまう。

店は私鉄の四葉駅前にある。ほかにあるのは、コンビニに牛丼屋に蕎麦屋。駅前自体、栄えてはいない。蕎麦屋の隣がバー『ソーアン』。『so and』と書かれた立て看板が置かれている。

わきの邪魔にならないところにバイクを駐め、配達カバンとヘルメットをキャリーボックスに入れてカギをかける。そして、入店。

午後一時半。お客さんは一人しかいない。この店のお客さんぽくない、五十代ぐらいの女性だ。

「お、郵便屋さん。いらっしゃい」とカウンターの内側で吉野さんが言う。

ヘルメットをかぶっていないから今日はお客、とわかるのだ。

ここにはもう一人、森田冬香さんという店員がいる。みつば南団地に住む人だ。でも夜だけ。ランチ営業のときはいない。

「こんにちは。今日はミックスサンドセットをお願いします」

「はい。ミックスサンドね。どうする？　玉子二つにする？」

「いいですか？」

「いいよ」

「ではそれで」

「了解」

ツナを玉子に替えてもらうのだ。ツナも好きなのだが、玉子はもっと好き。特にここのはうまい。僕が本気でほめたら、吉野さんがそうしてくれるようになった。昔から、玉子は好きなのだ。寿司ネタでもそう。よく自分のマグロを春行の玉子と交換した。アキが損してるじゃない、と母には言われたが、僕にしてみれば得だった。


カウンター席。女性からは三つ離れたイスに座る。

すぐに声をかけられた。

「あら、本当に春行」

「はい？」

「似てる。ここまでとは思わなかった」

カウンターの内側で玉子ダブルのミックスサンドをつくりながら、吉野さんが言う。

「ごめん。僕が話したんだよ、お客さんに春行似の郵便屋さんがいるって」

「そうでしたか」

その言い方だと、弟であることまでは明かしていないのかもしれない。

と思ったら、女性が言う。

「弟さんなんでしょ？」

「はい」

「確かにそうよね。他人の空似、の似方じゃない。兄弟の似方」

「わかりますか？」

「ええ。維安と叙安もそうだから。兄弟って、口角が上がる感じとか、そのもの骨格とか、そういうとこが似るの。といっても、維安と叙安は男女だし、あなたたちほどは似てないけど」

　と言っているということは、この人は。

　僕の思いに応えるかのように吉野さんが言う。

「ミヤナガサヨコさん。僕の元奥さん」

「このお店の、オーナーさんの」

「そう」

「いやだ。そんなことまで言ってるの？」

「うん。郵便のことを話したその流れで」

　次いで吉野さんは漢字まで教えてくれた。宮永小夜子さん、だ。

　この土地は宮永小夜子さんが父親から受け継いだものらしい。だからオーナーは宮永小夜子さんなのだ。吉野さんは雇われマスター。二人が結婚していたときもそうで、離婚してからもそれは変わっていないという。

離婚したのは、宮永小夜子さんに好きな人ができたから。と僕はそんなことまで聞いている。ただし、そこ止まり。それ以上のことは知らない。今こうしているくらいだから、二人の関係は悪くないのだと思う。その意味では、僕の両親と似ている。

僕の父平本芳郎（ひらもとよしろう）と母伊沢幹子（みきこ）も離婚した。母に好きな人ができた、わけではない。父にできたわけでもない。父も母もフルに働いている。春行も僕も独立した。一緒にいる意味がなくなってしまった。というようなことらしい。春行と僕にしてみれば、わかるようなわからないような理由だ。

二人が離婚したのは、僕が二十五歳のとき。そのときは、わからない、が強かった。でも三十を控えた今はちょっと変わった。わかる、とまではいかない。が、少しだけ、わかる寄りになってきた。歳をとったのかもしれない。

宮永小夜子さんとは、何年か前に一度会ったことがある。いや、会ったというほどではない。この店の前ですれちがっただけ。面識はなかったが、宮永小夜子さんが郵便屋である僕に会釈をしてくれた。確か日傘を差していた。品のある女性だな、と思ったのを覚えている。

吉野さんがミックスサンドセットを出してくれた。セットにはサラダとコーヒーがつく。

いただきますを言い、食べる。

「郵便屋さんは、維安と叙安のことも知ってるの？」

宮永小夜子さんにそう訊かれ、こう答える。

「ライヴ会場でお会いしたことがあります。といっても、ご本人がたのではないですけど」

「あぁ、そうだったね」と吉野さんが言う。「園田(そのだ)くんのライヴだ」

「はい」

園田深(しん)さん。かつてみつば局で配達のアルバイトをしていた人だ。プロのミュージシャンだったが、バンドが解散し、アルバイトを始めた。今はまた深というバンドを組み、プロとしてやっている。

吉野さんと宮永小夜子さんの子どもたち、維安さん叙安さん兄妹もプロのミュージシャンだ。スカイマップ・アソシエイツのメンバー。維安さんがギターで、叙安さんがドラム。日本ではあまり知られていないが、スカイマップ・アソシエイツはイギリスでアルバムを出している。ロンドンにいる木村輝伸さんなら、知ってるかもしれない。

吉野さんが宮永小夜子さんに言う。

「郵便屋さんには郵便屋さんとしても店のお客さんとしてもお世話になってると

言ったら、維安が郵便屋さんの曲をつくったよ。『狂気のポストマン』」

「そうなの？」

「そう。冗談かと思ったら、ほんとにつくった。ライヴでもやってるよ。次のアルバムに入れるんじゃないかな」

「そうなんですか？」とつい口を挟んでしまう。

「うん。維安自身も気に入ってるよ。ごめんね、利用しちゃって」

「いえ。僕は何もしてませんし」

「モデル料とか払わせたほうがいいかな」

「いえいえ。僕はただポストマンなだけですよ」

「郵便屋さんは、見た感じ、狂気っぽくはないものね」と宮永小夜子さん。

「ぽくないです。見た目どおりだと思います」

「いや、わかんないよ」と吉野さん。「内に狂気を秘めてるのかもしれない。郵便屋さん自身がそれに気づいてないだけ。でも維安はそれに気づいて曲にした。そういうことかもよ」

「うーん」

だとすれば。僕もいつか配達が面倒になって郵便物を捨ててしまったりするのだろうか。受取人さんの個人情報を悪用してしまったりもするのだろうか。狂気って、そういうこと?

　ダブルの玉子サンド。最後の楽しみにとっておいたその一つを食べたところで、吉野さんがいつものようにお代わりのコーヒーを出してくれる。

「はい、どうぞ。もちろん、これはタダね」

「あっ。えーと、いいんですか?」

「ん、何?」

「いえ、あの、オーナーさんの前で」

「あぁ」と吉野さんは笑う。そして宮永小夜子さんに尋ねる。「ダメ?　もしダメなら、僕が自分で払うけど」

「そこはマスター自身の裁量でやりなさいよ。オーナーはそこまで口を出さない」

「じゃあ、タダ。これは広い意味での必要経費だから」

「いつもすいません」

「いや、感謝しなきゃいけないのはこっちだよ。息子の曲の素になってくれて。配達もしてくれて。お客さんとしても来てくれて。たまきちゃんまで連れてきてくれて」

「たまきちゃんて?」

「郵便屋さんのカノジョさん。って、これは個人情報だ。言っちゃってよかった?」

「だいじょうぶです」と僕。

「春行の弟さんが郵便屋さん。何かいいわね」

「いい、ですか？」

「ええ。維安と叙安みたいに兄妹で同じことをやってると、共倒れになる危険があるし」

「そうなったら、維安をこの店のマスターにしなよ」

「あなたはどうするのよ」

「早めに引退するよ」そして吉野さんは僕に言う。「郵便局ってさ、深夜のアルバイトとかあるんだよね？」

「ありますね」

「僕でも雇ってもらえるかな。もう五十代後半だけど」

「だいじょうぶだと思います。年齢の制限は特に設けてないはずなので」

「じゃあ、やらせてもらうよ」

「だったら維安にそれをやらせるわよ。あの子もそのくらいの覚悟でやってるでしょ」

それから、吉野さんと宮永小夜子さんはこの店の話をした。この店の経営がどうこうという話だ。

さすがにそこには加わらず、僕はゆっくりとお代わりコーヒーを飲んだ。

ここのコーヒーはうまい。サンドウィッチやアボカドバーガーと同じ。ランチメニューにありがちな添えもの感がないのだ。商品としてきちんと整えられている。だからこそ、タダで頂いてしまって申し訳ないな、と思う。

「じゃ、もう行くわね」と宮永小夜子さんがイスから立ち上がる。「はい、これ。コーヒー代」

「いいよ」と吉野さん。

「たまには払うわよ。オーナーとして、お店がつぶれたら困るから」

「そういうことならもらっとく。どうも」

少し間を置いて、宮永小夜子さんが言う。

「お釣りはちょうだいよ」

「あ、そうなの?」

「それはそうでしょ」

そのやりとりについ笑う。

元夫婦、の感じがある。離れたことは離れた。遠いが近いのだ。配達人と受取人もそうだが、それとはまたちがう。どう言えばいいだろう。遠いことは遠いが、踏みこもうと思えば一瞬で踏みこめる。

宮永小夜子さんが今度は僕に言う。

「ねぇ、郵便屋さん」

「はい」

「残暑見舞いって、八月の終わりまでに出せばいいんだった？」

「そうですね。そのくらいかと。かもめ～るハガキでお送りいただくのであれば、くじの抽選日にも間に合うかと思いますので」

「あぁ。くじ、ついてるものね。年賀ハガキみたいに。今、出したいのが一枚あるんだけど、持っていってはもらえないわよね」

「いえ、いいですよ。お預かりします」

四葉駅前にはポストがある。そこに入れてもらったとしても、たぶん、到着は同じ。

ならばと、実際にハガキを預かる。まさにかもめ～るなので切手の貼り忘れはないが、念のため、宛名をチラッと確認。ん？　と思う。

「こちら、番地の数字はここまでで合ってますか？」とハガキを返す。

その部分を見て、宮永小夜子さんが言う。

「あっ。足りない。最後の番号がないわね。今はわからないから、あとで書き足して、出します」

「きちんとフルネームを書いていただいてるので、届くとは思いますけどね」

「でも失礼でしょ、残暑見舞いに番地を書き洩らすのは。事務的というか、義務的にやってるみたい」

そうかもしれない。確かに、お見舞いに事務感や義務感は出したくない。

「よく気づいたね」と吉野さんが言う。「さすが郵便屋さんだよ。今のでコーヒー一杯分の価値はある」

「ないですよ」

「あるわよ」と宮永小夜子さん。「こういうこと一つで人は信用を失いもするから。ハガキで住所の番地を書き洩らす人。そういう印象って、案外あとあとまで残ったりする」

それも、そうかもしれない。気遣いの最たるものとも言える残暑見舞いでそんなことになったら、もったいない。

「だからよかった。ありがとう。じゃあ、ごゆっくりね」

そう言って、宮永小夜子さんは店から出ていった。

壁の時計を見る。僕が休めるのはあと十分。その十分はゆっくりしようと、まさにゆっくりコーヒーを飲む。

吉野さんが言う。

「マツオカさんていう名前がさ、何度か出てきてたでしょ？　僕と彼女の会話で」

「そう、でしたか」

松岡拓男さん。税理士さんだそうだ。この店の税務相談に乗ってもらったりもするという。

「その松岡さんが、彼女の今の相手なんだよ。前に話した、彼女が好きになった人。僕とも、付き合いは長いの。で、松岡さんのほうから何かしたとか、そういうことではないのもわかってた。だから、今もこんな。初めはちょっとやりづらかったけどね。さすがに慣れたよ」

そんなことを言って、吉野さんは笑う。苦笑は苦笑だが、無理に笑っている感じはない。

そのことに少しほっとする。五十代後半。子どもが大きくなってから妻と離婚。どうしても、自分の父と重ねてしまうのだ。

いろいろある。町にはいろいろな人がいる。

結婚を考えるカップルがいる。子どもが生まれる夫婦がいる。別れてしまった夫婦もいる。皆、同じ時間のなかで、微妙にちがう時間を生きている。そして僕らが、すき間の時間にひょいと顔を出す。ほとんど風景と言ってもいいような形で。

それも悪くないよな、と思う。

壁の時計を見る。

休憩、終了。


あちらはリヴィエールで、こちらはルミエール。

リヴィエール蜜葉に対して、ルミエール四葉だ。リヴィエールは川。ルミエールは光。アパート名として、川よりはつかい勝手がいい。川がある場所は限られるが、光はどこにでもあるから。

四葉はほとんどが一戸建て。マンションはないし、アパートもそんなにはない。ただ、いずれマンションは建てられる。セトッチが勤める不動産会社もそうすべく動いている。未佳さんと結婚したセトッチがみつばベイサイドコートに住むことにしたのも、その件で四葉に来ることが増えるからなのだ。

マンションができたら、住人は一気に増える。町の感じも変わるだろうし、駅前も変わるだろう。バー『ソーアン』はだいじょうぶだろうか。好条件で立ち退きの話が来るかもしれない。そうなったら、吉野さんはどうするのか。オーナーの宮永小夜子さんはどうするのか。

で、ともかく、ルミエール。

フォーリーフ四葉などとちがい、四葉には珍しいワンルーム。名前は新しいが、建物は古い。どこかのタイミングで改名したのかもしれない。

ワンルームなので、やはり出入りは激しい。アパートは一度更新して計四年住む、くらいが一般的だと思うが、ワンルームだと、更新をせずに二年で出ていく人も多い。なかには二年を待たずに出ていく人もいる。

ルミエール四葉の建物は、何というか、赤茶けている。赤茶色、ではなく、赤茶け色、と言いたくなる。そもそもは赤か茶だったのだが、年月が経ってその赤茶け色になったのだ。

ドアポストがついていないため、二階建てなのに集合ポストが設置されている。古いアパートにはこの手のものもある。階段を上り下りしなくていいし、全戸分をまとめて配れるから、僕ら配達員にはありがたい。

全戸分といっても、六戸分。リヴィエール蜜葉同様、ここも全六室だ。

人が住んでいる部屋のポストにはたいていダイヤル錠がつけられているが、なかにはつけられていないものもある。わからないではない。面倒なのだ。郵便物やチラシを取りだすたびにいちいちダイヤル錠を解くのは。つけないのは比較的高年齢の人が多い。

駅から少し離れているので、家賃は安いはず。でも古さで敬遠されるのか、みつばの各アパートとはちがい、空いてもすぐには埋まらなかったりする。

今も二〇二号室は空いている。正確なことはわからないが、たぶん、四月から。転居届が出されていないので、僕らも把握できないのだ。

入居したのなら訪ねて訊くこともできるが、退居したのならそれもできない。大家さんが近くに住んでいれば訊くこともできるが、住んでいなければそうもいかない。

折を見て、空と思われる部屋のポストは確認する。そんなポストにも広告チラシなどは入れられる。それらに交ざり、前に入れられた郵便物がそのままになってしまうことがあるのだ。

転居届が出されていなければ、そうなっていても僕らの責任ではない。住んでいることになっている以上、僕らは入れるしかないのだ。

が、そうは言っても、退居して時間が経てば、さすがに郵便物も来なくなる。あそこ、出たのかな、とは思う。普通はその時点で確認する。チラシがたまったりするので、わりと早く気づくこともあるのだ。もしも郵便物が入っていれば、明らかにもう住んでいないとわかる場合に限り、あて所に尋ねあたりませんということで還付する。

火曜日の午後。そのルミエール四葉二〇二号室のポストを開けてみた。

小さめのチラシが何枚も入っていた。二つ折りにされた大きめのチラシも何枚か入っていた。

　そして、うっ！　となった。

　下のほうに、チラシに紛れてＤＭハガキが入っていたのだ。まさに紛れて。二つ折りにされたチラシに挟まれて。

　それだけならよかった。僕が、うっ！　となったのは、そのハガキが二〇三号室の川内希絵（かわうちきえ）様宛だからだ。

　三月まで二〇二号室に住んでいておそらく出ていったのは、石野航樹（いしのこうき）さん。その石野航樹さん宛なら問題はない。でもこれはマズい。激しくマズい。

　ハガキは時間が経って汚れているが、宛名ははっきりわかる。川内希絵様、と読める。事情が事情ということで、裏面も見る。ホームセンターのセールを知らせるものだ。

　それが始まるのは四月の終わり。ゴールデンウィークに絡めたセール。つまり、ハガキがポストに入れられたのは三ヵ月以上前。それからずっとこのままになっていたのだ。

　ＤＭハガキが誤配された。しかも運悪く、空室のポストに入れられてしまった。最悪だ。

いや、でも。

前に僕もこのポストを確認した。そのときは気づかなかったということなのか。誤配の可能性は確かにある。こういうのはわからない。実はそうでない可能性もあるのだ。

まず、配達する際、僕らが二つ折りにされたチラシにわざわざハガキを挟むわけがない。何らかの理由でハガキやチラシが集合ポストの前に落ちていて、拾った誰かが部屋番号をきちんと確認せずにポストに入れた、という可能性もある。そんな例も過去にあるのだ。

僕も一度経験した。

蓋がない郵便受けから風で飛ばされた高橋様宛の郵便物を拾ってくれた人が、近くのもう一軒の高橋様の郵便受けに入れてしまったのだ。親切でしてくれたことなのに、まさかの誤配完成。

そしてそれを、たまたま僕自身が知った。バイクで通りかかった僕に、拾ってくれたその人が、そうしておいたよ、と話してくれたのだ。お礼を言ったうえで念のために確認してみたら、その誤配状態になっていた。こんなことがあるのか、と僕はうなったものだ。

だから、わからない。これは何も郵便に限らない。僕らに見えてないことはたくさんある。話として聞けば、いや、それはないでしょ、で片づけてしまうようなことが実際に起こることもあるのだ。

ルミエール四葉の居住者もリヴィエール蜜葉と同じ六人。やはり名前は全員わかる。

一〇一号室は大菅徹次さん。一〇二号室は神尾友直さん。一〇三号室は赤松瑞乃さん。二〇一号室は中江涼葉さん。そして二〇二号室がおそらくもう住んではいないが石野航樹さんで、二〇三号室が川内希絵さん。

まちがえそうなところはない。それでも誤配は起きてしまう。宛名どうこうでなく、単純に二〇二号室宛のものを二〇三号室のポストに入れてしまうこともあるから。

考えたところで何もわからない。誤配かそうでないかは、もはやどうでもいい。大事なのは、今ここにこのDMハガキがあること。郵便配達員の僕がそれを手にしていること。

ごく普通に考えれば、事情を説明し、川内希絵さんにこのハガキを渡すべきだ。二〇三号室のポストに入れるのではなく、部屋を訪ねて直接渡すべき。

でもそれをすると、川内希絵さんに不安を与えてしまう可能性が高い。郵便に対する信頼を損ねてしまう可能性も高い。このことは前にも一度考えた。郵便は、郵便局しか扱えない。宅配便のように、業者を選ぶことはできないのだ。

このハガキを今さら届けることは、川内希絵さんにわざわざ不安を与えること。届けない、もありなのか。

郵便配達員になって初めてそう考える。このハガキを見たところで、川内希絵さんはホームセンターのセールには行けない。届けることが受取人さんの利益にはならない。

「いやいやいやいやいや」と僕は声に出してはっきり言う。「ダメでしょ。絶対にダメでしょ」

そんなのはこちら側の理屈だ。利用者のためをうたったサービス提供者側の逃げだ。最もいやな言葉をつかうなら。隠蔽(いんぺい)。

ごく普通に考えれば、事情を説明し、川内希絵さんにこのハガキを渡すべき。そう。今こそごく普通に考えるべきなのだ。

誤配でない可能性もあるのですが、みたいなことは言わなくていい。今確認したらこのハガキが空と思われる隣室のポストに入っていた。その事実をシンプルに伝える。

そう決めて、静かに階段を上り、二〇三号室を訪ねた。

旧型のチャイムを鳴らす。ピンポーン。電子音ではないタイプだ。

無反応。

もう一度。ピンポーン。

やはり無反応。

不在。

だからといって、二〇三号室のポストに入れてしまうわけにはいかない。

その後、四葉の配達をすませ、局に戻る前に再度ルミエール四葉を訪ねた。

どうか今日じゅうに、と願いを込めて静かに階段を上り、チャイムを鳴らす。ピンポーン。

一度で反応があった。なかで音がして、すぐにドアが開く。

「はい」

女性。予想より若い。たぶん、二十代後半。

まだ午後四時前。いてくれてよかった。帰ってきてくれてよかった。そう思いながら、言う。

「こんにちは。郵便局です」

「どうも。ハンコですか？」

「いえ。ちょっとお伝えしたいことがありまして」

「何でしょう」

「実はですね」

説明した。

お隣が退居されたようであること。ポストにチラシがたまっていたのでそうと気づいたこと。郵便物が入れられたままになっていないか念のため確認したこと。チラシに紛れてこのハガキが入っていたこと。こんなに遅くなって大変申し訳ないが届けさせていただいたこと。

誤配云々は言わなかったが、チラシに紛れていたとは言ってしまった。言い訳に聞こえたかもしれない。でもしかたない。事実だから。

ＤＭハガキを渡す。

川内希絵さんはまず表を見て、それから裏を見る。ちょっと笑い、言う。

「五月って！　今、八月ですよ」

「すいません」とそこは言ってしまう。

誤配をではなく、配達が遅れてしまったことを謝る。

「すごい。こんなの、よく届けましたね」

よくない意味に聞こえた。よくのうのうと届けましたね、というような意味に。

そうでもなかった。

「これはもう届けなくていいんじゃないですか？　時期も過ぎてるんだし」

「いえ、そういうわけには」

「まあ、郵便局さんが捨てちゃうわけにもいかないか。それはそれで問題だし」

「はい」

「でも別によかったのに。ここのセール、行ったことないし。これもまちがいなく行かなかったですよ」

「あぁ。そうですか」

よかった、とは言えない。よくはない。

「わかりました。一応、頂いてはおきます。といっても、捨てちゃいますけど」

「本当に、遅くなってすいませんでした。これからも郵便をよろしくお願いします」

「は～い」と言って、川内希絵さんがドアを閉める。

あっさり終了。

失礼にならないようヘルメットは初めからとっていたのだが、リヴィエール蜜葉の田代萌奈さんとちがい、川内希絵さんが、あ、春行、となることはなかった。ノー春行。それでいい。

階段を静かに下り、最後にもう一度二〇二号室のポストを確認する。

チラシのみ。オーケー。それらを僕がどうこうすることはできない。そのままにしておくしかない。

ほっとした。

ここのセール、いつも行ってるのに。どうしてくれるんですか！

そうならなくて、よかった。

でもこれは結果論。今日はたまたまだいじょうぶだっただけ。川内希絵さんはそうだったというだけ。差出人のホームセンターさんには損害を被らせてしまったのだ。セール前にその情報を川内希絵さんに届けられなかったという意味で。

それはダメ。よくない。結果論ですませてはいけない。

僕は遡（さかのぼ）る。

届けない、もありなのか。

と、一瞬考えてしまった。

もし僕が新人なら、そんなことは絶対に考えなかっただろう。まちがいなくあのＤＭハガキを持ち戻り、上司に相談していたはずだ。

経験は大事。それがあるから下せる判断もある。でも時として、それがあるからこそ狂わされる判断もある。

配達員は、配達する。その大前提を崩してはいけない。

経験は経験で大事。でも初心も大事。

メゾンしおさいの片岡泉さんも言っていた。

僕もそれでいこう。
今日もゼロベース。

あきらめぬがカギ

三十階建てのマンションにも一階はある。

二階もあるし、七階もある。十六階もあるし、二十二階もある。そのすべてに人が住んでいる。

みつばに唯一あるタワーマンション、ムーンタワーみつば。顔見知りでは、最上階に鎌田めいさんと息子の将和さんが住んでいる。二十八階にはみつば歯科医院の芦田静彦先生も住んでいる。

その一階、一〇一号室を訪ねた。書留の再配達。宛名は、早野智美さん。なじみの人だ。たまにこうして書留の再配達が出る。曜日はまちまちだが、たいていは午前配達。

いつものようにまずタワーの頂を見上げ、エントランスホールに入る。

そこでインタホンのボタンを押す。

反応は早い。

「はい」

「おはようございます。郵便局です。書留の」のあたりでもう言われる。

「どうぞ」

そしてオートロックが解かれる。

一階だからエレベーターには乗らない。通路を歩くだけ。

一〇一号室。ドアのわきにあるインタホンのボタンを押す。ウィンウォーン。

すぐにドアが開く。

「おはようございます」と先に言い、端折(はしょ)ってこう続ける。「再配達で伺いました」

「どうも。いつもすいませんね」

「いえ」

「ほんとはこっちが取りに行けばいいんだけど。なかなか時間がなくて。というのはうそで、実はめんどくさくて」

「どうぞ、遠慮なさらず再配達をご利用ください」

早野智美さんはいつもこんなだ。何というか、くだけている。

初めて僕が訪ねたときもそう。顔を見た瞬間、あ、春行！　が来た。言葉ですぐに来た。こうだ。うわっ、春行？

以後、訪ねるたびに話すようになった。

「再配達、ほんとにたすかります。午前中の何時ごろ来るかわかると、もっとたすかるんだけど」と早野智美さんはいつも言うことを言う。

「すいません。できればそうしたいのですが、いろいろ難しくて」と僕もいつも言うことを言う。

そんな要望は多い。気持ちはわかる。僕も利用者としてはそう思う。でも本当に難しいのだ。郵便物の量は日によってちがったりもするから、そこまでの対応は不可能。午前配達というだけでも、ほかとの兼ね合いで、実はぎりぎりだったりする。

捺印してもらい、配達証をはがして書留を渡す。

早野智美さんは言う。

「はい。郵便屋さん、これあげる」

差しだされたものを、今度は僕が受けとる。

「何ですか？」

「しょうが湯」

「あぁ」

梅こぶ茶のような粉末の袋だ。お湯に溶かして飲むタイプ。それが二つ。

「ほら、早くも空気が乾燥してきたでしょ？　ノドにいいみたいだから、飲んで」

「いいんですか？」

「どうぞ。ほんとは箱であげたいとこだけど、それだとさすがに多いから。二個で勘弁ね」

「ありがとうございます。頂きます」

「これ、初めは鎌田のおばあちゃんに頂いたのよ」

そう言って、早野智美さんは右手の人差し指で天井を指す。三十階に住む鎌田めいさんに頂いた、ということだ。

「あぁ、そうですか」

「体がポカポカして、ノドもいい具合にジンジンして。気に入ったから自分で買うようになった。試してみて」

「試します」

鎌田めいさんは八十代半ば。とても親切なおばあちゃんだ。この時期になると、よく通販でカレンダーを買う。それは一階の集合ポストに入らなかったりするので、三十階まで手渡しに行く。そこでカップうどんをごちそうになったこともある。急におばあちゃんの具合が悪くなり、僕が二階堂(にかいどう)内科医院に連れていったこともある。今はもう元気だ。

早野智美さんには、年賀状と暑中見舞いを出すという。郵便ハガキをつかうのに、郵便局は通さない。三十階からエレベーターで降りてきて、自分で一階の集合ポストに入れるのだ。二人は駅前の大型スーパーに一緒に買物に行くこともあるらしい。

「鎌田さんのとこにくらべたら、こっちは配達が楽でしょ？　あ、でもエレベーターに乗るから、同じか」

「いえ。待たなくていいから、やっぱり楽ですよ」

「それは鎌田さんも言ってた。逆にうらやましがられるわよ。すぐに家に帰れていいねぇって。でもあちら、眺めは最高だけどね。たまにわたしも行くの。景色を見せてもらいに」

「僕も見せてもらったことがありますよ」

「ほんとに？」

「はい。用を頼まれて、入れていただいたことがあるので」

「さすがに三十階は高いわよね。東京のほうまで見渡せちゃう」

「そうでしたね」

「鎌田さんは、落ちたらこわいねぇ、なんて言うけど」

僕と話したときも、鎌田めいさんは似たようなことを言っていた。つい気になり、早野智美さんに訊いてしまう。

「鎌田さん、三十階はおいやなんですか？」

「もう慣れたって言ってた。エレベーターはめんどくさいけど晴れた日は気分がいいって」

「そうですか」

よかった。

「でもたぶん、大変は大変よね。若いうちからそういうマンションに慣れてればいいけど、歳をとってからっていうのは。だからわたしは一階にしたのよ。いずれお父さんと一緒に住むことになるから」

「そうなんですね」

「そう。だったら一階。それ以外なら二階も三十階も同じだもの。一階はね、やっぱり安いのよ。それも大きかった」

「専用の庭がついてたりするところもありますよね」

「そういうとこはその分高いの。庭はいらない。ないほうが防犯面でいいような気もするし。一階はね、そこだけがちょっと不安だったのよ。でもここは通りから離れてるんで、外からの視線も気にならない」

「確かに、見られない感じになってますもんね」

「でしょ？ それに、一階だと、自分たちの足音を抑えなくていいのよ。前の賃貸マンションに住んでたときはかなり気をつけてたから。それがもとで上下の住人がトラブルになることも多いっていうんで。あとは、ほら、タワーマンションて、ヒエラルキーみたいなのがあるって言うじゃない。上の階に住む人のほうが偉いみたいになっちゃうとか。ここはそんなこともないのよ。少なくとも、わたしは今のところ感じない。まず、三十階の鎌田さんがあんな感じだから。一応ね、わたしから訊いてみたことがあるの。そしたら鎌田さん、不思議そうに言ってたわよ。何で上のほうが偉いの？　って」

笑う。鎌田めいさんなら言いそうだ。

「って、ごめんね。また話しちゃって。とにかく飲んでね。しょうが湯」

「頂きます。ありがとうございます。では失礼します」

一〇一号室をあとにし、エントランスホール経由で外に出る。

もう一度、タワーの頂を見上げる。あの頂に鎌田めいさんがいるのだと思うと、何だかうれしくなる。

そして配達を再開。この午前配達でまわり道をした分、ちょっと急ぐ。

今日の担当はみつば二区。マンション区だ。

マンションは戸数が多いから郵便物も多い。その代わり、バイクで走る距離は短い。三区の四葉とは対照的な区だ。

昼ご飯は局に戻ってとり、午後からは海に近いほうをまわる。

みつば南団地で、ちょっと懐かしい顔を見た。

懐かしいといっても、前に見てからまだ一年。そのときはそこでではなく、局で見た。そちらから出向いてくれたのだ。中学校の職場体験学習ということで。

名前も顔もはっきり覚えている。

寺田ありすさん。名前はそれだが、顔はほぼアメリカ人。

お父さんがアメリカ人で、お母さんが日本人。ありすさん自身は日本生まれで日本育ち。英語は話せない。今はお父さんと別れ、お母さんと二人でこのみつば南団地に住んでいる。

と、美郷さんからそう聞いた。その職場体験学習に来たとき、寺田ありすさんは女子でただ一人配達を希望したのだ。だから美郷さんが同行することになった。

D棟二〇三号室。寺田ありす様宛の現金書留。テスト期間か何かだったのか、平日なのにいてくれた。

ここのインタホンの音はちょっと変わっている。リロリロリロリロ。

「はい」

「こんにちは。郵便局です。現金書留が来てますので、ご印鑑をお願いします」

「ちょっと待ってください」

そしてすぐにドアが開いた。そうしてくれたのはご本人。寺田ありすさんだ。

「こんにちは」と再度言う。

「こんにちは」と寺田ありすさんも言ってくれる。

まずは宛名を見てもらう。

「こちらでまちがいありませんか？」

寺田ありす様で、とは言わず、こちらで、と言う。隣人に聞かれるのをいやがる人もいるからだ。

「まちがいないです」

「ご印鑑をお願いします」と指でその部分を示し、現金書留を渡す。

「はい」

寺田ありすさんが捺印する。

受けとり、配達証をはがす。

「ではこれを」とまた渡す。

「ありがとうございます」

職場体験学習は三日間。僕は、朝、顔を合わせたときにあいさつをしただけ。覚えてはいないだろうと思った。だから自分からは何も言わない。

でも寺田ありすさんが言ってくれた。

「お久しぶりです」

アメリカ人ふうの顔をした女子中学生が発するその言葉。

ややたじろぎつつ、こう返す。

「どうも。覚えててくれたの？」

「平本さん、ですよね？」

「名前まで」

「はい。筒井さんとも話しましたし」

「話したんだ？」

「話しました。似てますよねって」

「あぁ」

「似てるのよって、筒井さんも言ってました。筒井さん、元気ですか？」

「うん。元気。いつも元気だよ」

「この辺の配達にはあんまり来ない、ですか？」

「そうだね。配達はできるけど、四葉とかそっちのほうが多いかな」

「平本さんはたまに見ますよ、バイクに乗ってるの」

「あ、そう」

「配達をやらせてもらったから、やっぱり目がいきます」

「だいじょうぶ？　僕、信号無視とかしてなかった？」

「するんですか？」

「しない。今のは冗談。一応、言っておくと。絶対しないからね」

「わかってますよ」と寺田ありすさんが笑う。

美郷さんの話が出たからいいかな、と思い、言ってしまう。

「釣りは、どう？　してる？」

「あ、聞きました？」

「うん。筒井から聞いちゃった。寺田さんは釣りが好きだって」

「してますけど、そんなには行けてないです。受験だし」

「あ、そうか。そうだよね。三年生だ」

「だから難しいです。釣りをやればストレス解消になることはわかってるんですけど、そんなにはできない。お母さんも、ありすはストレス解消ばっかり、とか言うし」寺田ありすさんは現金書留の差出人欄を僕に見せて言う。「おじいちゃんですよ。わたしに釣りを教えてくれたの」

「そうなんだってね」

差出人さん。寺田克蔵（かつぞう）さん、だ。

「おじいちゃん、誕生日にはこうやってお金を送ってくれるんですよ。ありすが何ほしいかおれにゃわがんねーからって」

寺田ありすさんのそのおじいちゃん口まねにちょっと笑う。

女子中学生が何をほしがるか、おじいちゃんにはわからないかもしれない。恥ずかしながら、もう僕にだってわからない。

「今年は受験だから無理だけど、来年、わたしが高校生になったら、釣り、一緒にどうですか？　って、筒井さんに言っておいてください」

「わかった。言っとくよ。喜ぶと思う。じゃあ、がんばってね、受験」

「はい。ありがとうございます」

「こちらこそありがとうございます。では失礼します」

　階段を下り、外に出る。

　このＤ棟には、顔見知りがあと二人。四〇四号室には、四年前の職場体験学習に来てくれた宮島大地(みやじまだいち)くんがいる。一〇六号室には、バー『ソーアン』に勤める森田冬香さんがいる。

　ＡからＤまで。四棟あるうちのＤ棟だけで、知っている人が三人。みつば局に七年半。そんなにいれば、知り合いも増えてくる。

　配達をしていると、知り合い以外から声をかけられることもある。例えば今。みつば南団地の近くにあるアパート、グリーンハイツで。

　配達を終え、バイクに乗ろうとしたところで、前から歩いてきた男性に声をかけられた。二十歳前ぐらいの人だ。

「郵便屋さん」

「はい」

「あの、ちょっと訊きたいんですけど。いいですか?」

「どうぞ」

「ぼく、このグリーンハイツに住んでるんですけど。えーと、ちょっと待ってください。すいません。すぐ来ます」

男性は階段を駆け上り、二〇二号室に入った。そしてすぐに出てきて、階段を駆け下り、僕のところへ戻ってきた。

「これなんですけど」と封筒を渡される。

ごく普通の茶封筒だ。中身は入っていない。手触りでそうとわかる。

「穴、あいてますよね?」

「あいてますね」

よく見れば、封筒の底の部分に長さ三センチほどの穴があいている。底が抜けたようになっている。

「なかにカギが入ってたはずなんですよ。それが、封筒を突き破って、落ちちゃったみたいで」

「そうですか。えーと、配達されたのは」と言いながら消印を見る。「昨日、ですか」

「はい」

「このままの状態で届いたということですよね？」

「ほかに手紙が入ってました。紙一枚ですけど。それは今、部屋にあります」

「昨日なら、配達したのは僕です。すいません。気づきませんでした」

「あ、いえ。これは気づけないですよ。破れてるようには見えないし。ぼくも初めは気づきませんでした。でも、あれ、カギが入ってるはずだよな、と思って。よく見たら、こうなってて」

稀にそういうことがある。特に、紙が薄めの封筒。それに細くて硬いものを入れると、底を突き破ってしまうのだ。カギ。細くて硬いもの。まさにそれ。

「家のカギですか？」と尋ねてみる。

「はい。スペアキーです。実家の玄関のドアの合カギ」

「カギだけ、ですよね？」

「キーホルダーとかそういうのはつけてなかったと思います」

そうだろう。つけていれば、ふくらんでしまう。定形外郵便物になる可能性もある。もしそうなら、逆に、落ちることもなかったかもしれないが。

「ぼく、大学生になって今はここで一人暮らしをしてますけど、実家は島根なんですよ。何年か前までは出かけるときに玄関のカギもかけなかった田舎です。ただ、最近はそうもいかなくて。空巣に狙われるようになったんですよね。わざわざ遠征してくるのか、いちどきに何軒か入られたりもして。今年の夏にもまたそんなことがあって。こわいなっていうんで、ウチもカギをもう一つつけることになったんですよ。その合カギです」

「それは、大事ですね」

空巣。

みつば駅前交番でも池上さんたちと話したが。僕は去年その現場を見かけ、警察に通報した。本当にいるのだ、空巣は。警戒するに越したことはない。

「さすがに、どうしようもない、ですかね」と言われ、

「局に戻ったら、捜せるところは捜してみます」と返す。

「お願いします。でも、たぶん、無理ですよね。どこで落ちたかわからないし」

「そう、ですね」

「島根からみつばまですべて、ですもんね。可能性があるのは」

「こちらとあちら。どちらかの局で落ちたのであってほしいですけどね」僕は封筒の宛名を見て言う。「えーと。グリーンハイツ二〇二号室の木崎新さん、でよろしいんですよね?」

「はい。ぼくが木崎です」

「お名前の読みは、アラタさん、で合ってますよね?」と、一応、確認。

「合ってます」と木崎新さんが言う。「あ、もしかして。カギって、入れちゃいけないものですか?」

「いえ。そんなことはないです。普通郵便で送れます。ただ、実際に送るときは、緩衝材(かんしょうざい)なんかで包んだりされるかたが多いですね」

「カンショウザイ」

「ポリエチレンの」

「ポリエチレン」

「あの、丸い気泡がいくつもある」

「はいはい」

「あとは、段ボールの切れ端で包みこむようにするとか」

「あぁ。なるほど」

「そうすると厚みが出るので、料金は少し高くなってしまうかもしれませんけど」

「そうか。そうするべきですよね。むき出しはヤバい」

「大事なものですから、できれば簡易書留にしていただくのがいいかと。それなら、手渡しで、配達の記録もされますし」ルミエール四葉の集合ポストを思いだして言う。「まあ、こちらのアパートなら、ドアポストにお入れするので、外の郵便受けに入れっぱなしになることはないですけど」

「電話をかけてきたとき、母親は書留にするって言ったんですよ。ぼくがいいって言っちゃったんですよね。大学に行ってて部屋にいないことのほうが多いからって」

「宅配便みたいに、ご希望の日に再配達もできますよ。ご自身で郵便局に取りに来ていただくことも可能ですし」

「そうすればよかったですね。失敗でした」

「捜してはみますが、見つからない可能性のほうが高いかと思います。その場合は、ご容赦ください」

「それはわかってます。別に言うつもりはなかったんですよ。でも帰ってきたらちょうど郵便屋さんがいたんで、じゃあ、言ってみようと」

「ではこちらはお返しします」と封筒を渡し、頭を下げて言う。「失礼します」

「どうも」

木崎新さんが階段を上り、二〇二号室へ戻っていく。

僕はバイクに乗り、配達を再開する。

無理だよなぁ、と思う。見つけたいけどなぁ、とも。

その後、やや急いで局に戻ったのは午後四時。

転送や還付の処理を手早くすませると、みつば二区の区分棚を見た。すべて確認したが、カギが入っていたりはしなかった。

それから集配課を離れ、郵便課に行った。同期の藤沢大和くんに当たってみることにしたのだ。

いない可能性もあると思っていたが、ちょうど搬出入口のところにいてくれた。

「藤沢くん、おつかれ」と声をかける。

「あぁ。平本くんか。どうした？」

「ちょっと頼みたいことがあるんだけど」

「何？」

僕はグリーンハイツで木崎新さんに聞いたことを話した。

封書からカギが落ちてしまったこと。気づかずに配達してしまったこと。ついさっき木崎新さんに声をかけられたこと。といっても、苦情的なことではまったくなく、木崎新さん自身も見つかるわけはないと思っていること。でも一応、局で捜せるところは捜してみると伝えたこと。実際にそうしようと思って来たこと。

「それは難しいなぁ」と藤沢くんも言う。

「そうだよねぇ」

「どこで落ちたか、知りようがないもんね」

「うん」

「でもわかった。機械まわりを捜してみるよ」

「僕も、いいかな?」

「もちろん」

藤沢くんは、まず、集められた拾得物のなかにカギがないかを見てきてくれた。それらしきものはなかった。

二人で郵便区分機のところへ行った。一階の窓側に設置されている大きな機械だ。端から端までは二十メートルぐらいあるかもしれない。

ベルトに挟まれたハガキや封書がスルスルと流れ、何百もあるポケットに分けられていく。運ばれているというよりは、郵便物の一つ一つが泳いでいるように見える。その様は壮観ですらある。

藤沢くんが言う。

「実際ね、封書に入ってた何かが飛び出して下に落ちることもあるよ。金属だったら、カチャンと音がしたりね」

「機械の音自体がかなり大きいけど。それでも聞こえるの?」

「下まで落ちれば」

しばらくすると、機械が停められたので、下部を見てみた。パネルを開き、覗いてみる。左右を行き来し、ベルトが張られた上部にも目をやる。

見えるところにカギが落ちていたりはしなかった。

あらためて、これは難しいな、と思う。ここに必ずある、というわけではないのだ。あるのは島根の郵便局かもしれないし、それ以外のどこかかもしれない。それ以外のどこか、は広い。まさに島根からみつばまでだ。

「厳しいね」と藤沢くんに言う。

「そうだね。集配課のほうは見た？」

「その区の区分棚は」

「あれば、配達に出る前に気づくか」

「うん」

僕は郵便を信用している。ほぼすべての郵便物がきちんと宛先に届けられるのだからすごいと思っている。自分が郵便配達員だから思っているわけではない。どちらかといえばむしろ郵便の利用者として思っている。

たいていの人が、そう思ってくれているだろう。だからこそ、その信用を保ちたい。普通郵便に補償はない。利用者が送ったものが紛失しても、郵便局に損害を補償する義務はない。わかっている。でもどうにかしたい。できることはしたい。

といっても、結局は藤沢くん頼み。人頼み。

「あとで区分機を差立から配達に切り換えるからさ。そのときにもう一度見てみるよ」と藤沢くんは言ってくれる。

「ありがとう。頼むね」

　僕はそう言うしかない。


　翌朝、ちょっと早めに出勤し、郵便課の区分機のところへ行ってみた。

　機械はすでに動いていた。邪魔にならない程度に捜してみたが、カギは見つからなかった。見つかったら見つかったで、迷っていただろう。それは昨夜から今にかけて落ちたものかもしれないから。

　郵便課の松丸邦仁(まつまるくにひと)さんがいたので、昨日からの経緯をざっと説明した。松丸さんは僕より三歳上。僕と同時期にみつば局に来た人だ。

　島根の局で差出人さんに調査依頼をしてもらったほうがいいかもな、と松丸さんに言われ、やっぱりそうなんですかね、と返した。

　そのあたりで時間になったので、僕は集配課へ戻り、自分の作業にかかった。

　そこでは、僕らへの声かけに来た川田君雄(かわだきみお)局長と話をした。川田局長は時間があればいつもそうするのだ。何も特別なことを話すわけではない。むしろ雑談で終わることが多い。だからこそ、皆、気楽に話す。

　例えば僕とはこんなだ。

「平本くん、歯の検診、行ってる？」

「行ってます」

「僕は先週の土曜に行ってきたよ」

「土曜。局長はお休みですよね？」

「うん。でも仕事の日は忙しくて予約を入れられなかったから、土曜にした」

「わざわざ来られたんですか、みつばに」

「そう。そんなに遠くないからね」

川田局長も僕も、同じみつば歯科医院で診てもらっている。僕が川田局長を紹介したような形になってもいる。

「今回は虫歯一歩前っていうのが一本あってさ。ショックだったよ。だからもう一度みがき方の指導をしてもらった。遠山さん、じゃなくて楠さんに」

「そうですか。僕もこないだ行ってきましたよ。楠さんに歯石をとってもらいました。幸い、虫歯はなかったです」

歯科衛生士の楠那奈さんのことは、旧姓遠山さん時代から知っている。何というか、結構なあれこれを知っている。楠さんと僕には共通点があるのだ。楠さんはダンナさんである楠知和さんとみつば第二公園で知り合い、僕はたまきと同じみつば第二公園で仲を深めたという。

楠知和さんは、蜜葉市役所の職員。僕は楠夫妻が結婚に至ったその流れを知ってさえいる。配達中に見ていたのだ。そのみつば第二公園でランチデートを重ねる二人を。

初め二人はそれぞれ別のベンチで昼ご飯を食べていた。そのうち話をするようになった。やがて遠山那奈さんが楠知和さんのお弁当をつくってくるようになり、何だかんだで結婚した。

遠山那奈さんは楠那奈さんになった。みつば歯科医院で歯科衛生士の仕事は続けている。名札の名前は、遠山から楠に変わった。子どもの患者さんにもわかりやすいよう、くすのき、というふりがなもふられている。こないだ行ったときに気づいた。

川田局長と話したことでそんなあれこれを思いだし、配達に出てからも、途中途中でみつば第二公園を様々な角度から眺めた。

ベンチに楠那奈さんはいなかった。今日はたまたまだ。寒くなってきたからかもしれないが、もっと寒い日にそこで昼ご飯を食べていることもある。たまには楠知和さんと二人で食べていることもある。初めてそれを見たときは感心した。一緒に住んでいるのにそこで一緒にご飯を食べもするのだな、と。

楠夫妻が住んでいるのは、みつば二区。瀬戸夫妻と同じ、みつばベイサイドコートのA棟だ。知和さんは初めからそこに住んでいた。結婚を機に那奈さんが転入した。ダンナさんは蜜葉市役所勤めで、奥さんはみつば歯科医院勤め。ならそうなるだろう。

と、そんなことを考えていたら、ポケットのなかでスマホがブルブル震えた。ちょうど停まっていたので、取りだして画面を見る。

〈筒井美郷〉

出た。

「もしもし」

「もしもし。平本くん、配達中？」

「うん」

「今、だいじょうぶ？」

「だいじょうぶ。何？」

「わたしは今局なんだけど。郵便課の藤沢さんから伝言。カギ見つかったって」

「え、ほんと？」

「ほんと」

「何で美郷さんが？」

「ちょうどお昼を食べて、出ようとしてたの。区分棚のところで午後からの分をカバンに詰めてたら、藤沢さんが来て、平本くんはいないですよねって。訊いたらそういうことだっていうんで、じゃあ、伝えときますよと。藤沢さん、平本くんの電話番号までは知らないって言うから」

そういえば、そうだ。僕も藤沢くんの番号は知らない。同期だが、個人的なつながりはないので。

「よかった。たすかるよ」

「見つかるもんだね、捜せば」

「いやぁ。ほとんど奇蹟だよ。というか、それが本当にそのカギかはまだわからないけど。戻ったら藤沢くんのとこに行ってみるよ」

「そうして」

「とにかくよかった。ありがとう」

「いえ。それじゃ」

「じゃあ」

通話を終え、配達を続けた。

早めに局に戻るべく、午後の休憩はなしにするつもりで昼休憩をみつば第二公園でとった。

昼ご飯はコンビニの和風ハンバーグ弁当。しその葉が入っているのがよかった。

梅好きな人は、まあ、しそも好きだ。

そしていくらかあやしげな雲が出てきた午後の空に警戒しつつ配達をすませ、午後四時前に局に戻った。

後処理をすべて終え、郵便課へ向かう。やはり搬出入口のところにいてくれた藤沢くんに声をかけた。

「おつかれ」

「おぉ、平本くん。ちょっと待って」

藤沢くんは何やら書き作業をしていた。紙にペンを走らせながら言う。

「機械が停まってるときにさ、もう一度捜してみたんだよね。松丸さんと」

「松丸さんも?」

「ほら、平本くんが朝また見に来てたっていうから。なら一緒にってことで」

「あぁ。ごめんね。いろいろさせちゃって」

「いや、それはいいよ。確かに、機械にかけられたときにカギが封筒を突き破る可能性は高いから。でもさ、そのときは見つからなかったの。で、やっぱないかと思ったんだけど」

「あったんだ?」

「うん。捜しものって、必死に捜してるときは見つからないじゃない。だからさ、間を置いて、さらにもう一度捜してみたんだ。またちょっと機械が停まったときに。もうほとんどあきらめたっていうその感じがよかったのかな。冷静に見られたというか。まさかと思いつつ、ベルトのずっと奥のとこを見たんだよね。そしたらそのまさか。側面にぴったりつくみたいにして、カギが立ってた。何かの拍子にたままそうなったんだろうね。下に落ちたわけじゃないから、音もしなかったと思うよ」

「そうなんだ。よかった。ありがと。ほんと、何度も捜させて申し訳ない」

「いいよ。何かなくなれば、そりゃ捜すし」

「でさ」

「うん」

「そこはあまり考えないで動いちゃってたんだけど」

「何？」

「見つかっても、渡せないよね？　そのカギが木崎さんのものだという確証はないし。カギがカギ穴に合うか試してもらうために渡すわけにもいかないし」

「とおれも思ったんだけど。たぶん、だいじょうぶだよ」

「どうして？」

「カギ、指で持つとこにテープが貼られててさ。細字のマーカーペンか何かで、アラタヨウって書いてあるの」

「アラタヨウ？」

「漢字で、新しいに用事の用。その人、アラタさんなんだよね？」

「そう」

「漢字の新だけなら微妙じゃない。新しいカギ、みたいな意味にもとれるし。でも受取人がアラタさんで新用なら、だいじょうぶ。本人のものっていう証明になるんじゃないかな」

「なってほしいね」

「なるでしょ。それでそのカギを渡せないんじゃ、誰になら渡せるんだってことだし。窓口で調査依頼をしてもらったうえで、本人確認の書類も見せてもらって記録を残す。と、そんなようなことにはなるかもしれないけど」

「あぁ。それは、そうだね」

「よかったよ、テープを貼っておいてくれて」

「お母さんがしてくれたのかな。そこまで木崎さん本人には伝えなかっただろうけど」

「じゃあ、お母さんのファインプレーだ」

「よかった。こう言っちゃ何だけど、ほんとに見つかるとは思わなかった。ありがとう。あとで缶コーヒーでもおごるよ」

「いいよ、そんなの。こっちだって、あのままにしといちゃいけなかったんだから。平本くんにこの話を聞いてなかったら、あれをすぐには見つけてなかったはずだしね」

「だとしても、僕にしてみれば大きいよ。木崎さんに説明できるだけでありがたい」

そこでカーサみつばの横尾さんのことを思いだし、こう続ける。「缶コーヒー、一本と言わず、五本でもいいよ」

「いやいや」と藤沢くんが笑う。「意味がわからないよ。上の休憩所でテーブルに缶コーヒーを五本並べてたら」

「一回じゃなく、五回に分けてもいいし」

「あ、じゃあさ、缶コーヒーはいいから、お兄さんのサイン、もらえないかな」

「春行の？」

「そう。実は甥っ子がファンなんだよね。かなり熱心なファン」

「姪っ子じゃなくて？」

「甥っ子。今、十歳。小学四年生」

「その歳の男子で春行が好きっていうのも、珍しいね」

「そうなの？」

「たぶん。ファンの人は、高校生以上の女性、が多いのかな」

「男性もいるでしょ。おもしろいし。甥っ子はさ、ほんとに好きなんだよね」

藤沢くんのお姉さんの息子。だから名字は藤沢ではない。高林雄飛くん、だそうだ。

「去年、『ダメデカ』ってあったでしょ？　お兄さんのドラマ。あれ、おれも見てたけど、すごくおもしろかったじゃない」

「弟が言うのも何だけど、おもしろかったね。あれはほんとにおもしろかった」

「雄飛もハマっちゃって。こないだ出たブルーレイのボックスセットを誕生日プレゼントにもらってたよ」

「四年生なのに？」

「見たのは去年だから、そのときはまだ三年生だよ」

「あ、そうか」

「そのぐらいからはもう理解できるでしょ。で、春行はすごくカッコいいと思ったんだって」

「カッコいい役ではなかったような気がするけど」

『ダメデカ』は、文字どおり、ダメなデカ。ダメな刑事の話だ。吉永秋光というそのダメ刑事役が春行。

ドラマは何でもありのコメディだ。春行は刑事だが、活躍はしない。設定は、女子高生が犯罪行為に手を染めるようになった近未来。と言いつつ、たった一年後。すなわち、ドラマから一年が経った今現在。

　女子高生をうまく取り締まれるのは男子高生でしょ、という警察上層部の見事に安易な発想から、日本で初めて高校生刑事が誕生する。その世話役となるのが春行だ。でも初めからダメ刑事なので、世話も何もない。事件が解決しない。事件現場にたどり着けない。事件そのものが起きない。逮捕はほぼすべて誤認逮捕。

　最終回には、何と、百波がゲスト出演した。春行と百波が同棲しているという事実を、ドラマのなかでも活かしたのだ。

「春行、徹底的にダメな人の役だったよね」

「うん」と藤沢くん。「他人のおれが言うのも何だけど、お兄さんに一番合った役なんじゃない？　って、これはほんとに失礼だけど」

「確かにそうかも。そのままの春行だったしね。それを言ったら、どのドラマでもたいていはそうだけど」

「そうなんだ。あのままなの？」

「あのままだね」

「平本くんとはちがうんだ？」

「まあ、ちがうかな」

「とにかく雄飛はハマったよ。あれで、春行はすごいと思ったんだって」

「すごい？」

「うん。確かにダメな役だけど、自分で自分をダメと認められるところがすごいと思ったみたい。姉ちゃんがそう言ってた。雄飛の母親」

「でも、役だしね」

「それを本人のように見せちゃうのがお兄さんのすごいとこなんでしょ」

「どうなんだろう」

「だから雄飛にサインをもらってやりたくて。ダメ？」

「いや、いいよ。ダメなわけない」

「何か悪いね、つけこんだみたいになっちゃって」

「いやいや。なってないよ。春行も喜んでサインをすると思う。こうなる前に言ってくれてもよかったのに」

「さすがにそれは。同期ってだけでそんなお願いをされてたら大変でしょ。お兄さんも、弟の職場の同僚にまでサインをしてたらきりがない。だからおれもさ、雄飛に平本くんのことは言ってないんだよね。言えばサインをせがまれちゃうから。でもこれでもう言える。うれしいよ」

「じゃあ、よかった」

「実際に生まれるまでは考えもしなかったんだけど。生まれてみると、甥っ子ってかわいいんだよね。ほら、自分の子がかわいいって、それはわかるじゃない。でも甥っ子がこんなにかわいいとは思わなかった」

だとすれば。春行に子どもが生まれたら、僕もその子をかわいいと思うのだろうか。

まちがいなく、思うだろう。母親が百波ならなおさらだろう。できればこのままいってほしい。甥っ子もしくは姪っ子の母親は百波であってほしい。別に芸能人だからということではなく。

「雄飛はさ、郵便局員になりたいんだって」

「そうなの?」

「そう」

「叔父さんが局員だから?」

「それもあるだろうけど。単純に、身近な存在だからなのかな。その歳ごろってそうじゃない。将来はサッカー選手とか野球選手とかっていうのもあるけど、身近なものにも惹かれる」

「警察官とか学校の先生とか」

「そうそう。女子だと、食べもの屋さんとか看護師さんとか。だからさ、それこそ平本くんみたいな配達員になりたいのかと思ったんだよね。いわゆる郵便屋さん。小学生男子が窓口の職員になりたいってこともないだろうから」

確かに、それはたまに言われる。カーサみつばの大家である今井博利さん。その孫の貴哉(たかや)くんも低学年のころに言ってくれたらしい。大きくなったら郵便屋さんになりたいと。

「でも姉ちゃんによく聞いたら、これが微妙にちがうみたいでさ。大企業としての郵便局に入りたいってことらしいんだよね。郵便局員になりたいというよりは、日本郵政グループに入りたい、なのかな」

「従業員の数で言ったら、大企業中の大企業だもんね」

「今どきの子だなぁ、と思うよ。姉ちゃんがそういうことを言いすぎるんだろうな」

「言いすぎるって?」

「安定した仕事に就いたほうがいいとか、会社は大きいほうがいいとか。冗談ぽくはしてるけど、大きい会社のほうが給料が高いからタワーマンションに住める可能性も高いとか、そんなことまで言うからね。冗談でも子どもは真に受けるじゃない。冗談で言ってるにしても言ってるその内容は事実ってことくらいはわかるから」

「そうかもね」

「まあ、子どもに夢を持てみたいなことを言うのも、それはそれでいやだけどさ」

「いやなんだ？」

「だって、子どものころはそんなふうに言っといて、親は高校大学あたりでいきなり、夢みたいなこと言ってんな、とか言いだすじゃない。それはいやだよね。本人は、子どものころのあれは何だったんだ、と思うよ」

「藤沢くんも言われてたの？」

「そんなには。実際、局も、親にすすめられてじゃなく、自分で選んだし。高卒で働くならやっぱり安定したとこのほうがいいな、と思って。なのに雄飛には、変に冒険心を期待しちゃったりするんだよね。自分でも気づかないうちに、夢を持て派、になってる」

「いいじゃない。雄飛くんにはがんばってもらって、将来郵便局で人とＡＩが共存できる道を探ってもらおうよ」

「ほんとにそうしてほしいよ。もう、将来と言えるほど遠いことじゃなさそうだし」

雄飛くん。本当にがんばってほしい。確かに、将来などと悠長なことは言ってられない。今現在理系大学生である五味くんにもがんばってほしい。どうにか道を探ってほしい。このカギの件同様、人頼みで申し訳ないが。

僕は藤沢くんに言う。

「とにかくサインはだいじょうぶ。春行にもらっておくよ。ちょっと時間はかかるかもしれないけど」

「ありがとう。じゃあ、カギを持ってくるよ」


翌土曜日。担当はみつば二区。マンション区。

郵便物はなかったが、僕はグリーンハイツ二〇二号室の木崎新さんを訪ねた。

ウィンウォーン。

「はい」

「こんにちは。郵便局です。お聞きしたカギの件で伺いました」

「あ、はい」

木崎新さんがドアを開けて出てきた。

「突然お訪ねしてすいません」

「いえ」

僕は事情を説明した。

カギが局内で見つかったこと。テープが貼られ、そこに新用と書かれていたこと。

その時点で、木崎新さんは言った。

「それ、母親が言ってました。テープを貼ったって。家族四人分の四本どれも同じだから貼る必要なんてないんですけど、でも貼ったらしいです。郵便屋さんと話したあとに電話したんですよ。そしたらそう言ってました」

ならだいじょうぶ。あのカギは木崎新様宛の封筒に入れられていたものだろう。

そう思いつつ、説明を続けた。

見つかったそのカギを配達員の僕が勝手に持ち出すわけにはいかないこと。ご足労をかけて申し訳ないが、一度局の窓口に来ていただきたいこと。調査依頼の制度があるので、それを利用していただきたいこと。

「そうですか」と木崎さんは言った。「まあ、そうですよね。それで渡しちゃうわけにはいかないですもんね。ちがってたらマズいし」

「ちがってたとしても、そのカギが誰のものかは知りようがないので問題はないと思いますが。実際にそのカギを失くしたかたが同じように調査依頼を出される可能性もありますので」

「わかりました。窓口に行きます」

「お願いします」

「まさかでした。見つかるもんですね」

「はい。と言いたいとこですけど。運がよかったと思います。みつば局で封筒から落ちたのもそうですし、お母様が名前を書いたテープを貼ってくださったこともそうですし。可能なら、次からはやはり簡易書留をご利用いただいたほうがよろしいかと」

「そうします。電話で母親も言ってました。だから言ったでしょって」

「そうですか」

「それにしても。ほんとに捜してくれたんですね。正直、ありませんでした、で終わりだと思ってました。その連絡もなしで終わりだろうと。捜してくれないことはないとも思ってましたけど、ほんとに見つかるとは。すいませんでした。手間をかけちゃって」

「いえ。こちらも見つかってよかったです」と言ったあとに、思いつきで付け加える。「それと、すいません、今後このアパートからお出になられるときは転居届をお出しいただくようお願いします」

「転居届」

「はい。それをお出しいただくと、こちらのご住所宛に来た郵便物も一年間は転居先に転送されますので」

「あ、そうなんですね」

「はい。逆に、お出しいただかないと、お出になられたあとも郵便物はこちらのドアポストに入れられてしまいますので」

「それは、いやですね」

「次のかたが入居なさって転居届を出していただければそこで気づきはするんですが、少し間は空くでしょうし。転居先のほうの郵便局でお出しいただいてもそれはだいじょうぶですので、とにかく郵便局にも届を出すということをご記憶いただければと思います」

「わかりました。覚えておきます。大学の友だちにも言っておきますよ。出さなそうなのが結構いるんで」

「たすかります。よろしくお願いします。では失礼します」

「どうも。ありがとうございました」

木崎新さんがドアを静かに閉める。

僕はバイクのところへ戻り、ヘルメットをかぶろうとした。

そこで一〇二号室のドアが開き、なかから人が出てきた。一昨年まで局で配達のアルバイトをしてくれていた、荻野武道くんだ。

「平本さん」

「あ、荻野くん」

「よかった。やっぱ平本さんだ。バイクが停まって上で声がしてたから、もしかしたらそうかと思ってたんですよ」

「久しぶりだね」

「お久しぶりです」

「まだここに住んでたんだ？　って、配達してるから知ってるけど」

「住んでます。働きだしたときに出ようかと思ったんですけど、勤務地がそんなに遠くなかったんで、まあ、いいかと。引っ越し代とかもかかりますしね。それよりは更新料のほうが安いです。ここは駅から離れてるんで、まず家賃が安いし」

「もう働いてるんだね。一年めだ」

「はい。送別会をしてもらったときに受けることは話したと思いますけど。残念ながら日本郵便は落ちました」

「あぁ。そうなんだ」

「はい。一応、バイト経験のことも面接で話したんですけど、ダメでした。それはそうですよね。そんな人はたくさんいるでしょうし」

「もう僕のころほど楽じゃないんだね。で、どんな会社に入ったの？」

「運送会社です。同業です」

荻野くんは社名を挙げた。大手だ。宅配便も扱う会社。

「といっても、ドライバー職ではないんで、ぼく自身は配達しないですけど」

「そうなの。初めはみんなドライバーを経験する、みたいなことではないんだ？」

「はい。採用からもう別です。ドライバーをやりたい気持ちもあったんですよ。総合職とどっちにするか、エントリーの直前まで迷いました。でも、何ていうか、運送業の全体を見たいなと思って」

「おぉ、すごい」

「平本さんのおかげですよ」

「いやいや。僕は関係ないじゃない」

「いや。大学生のときに公園で平本さんに会ったから、進路を決められました。今思えば、ほんとにそうなんですよ」

　三年前、荻野くんが大学二年生のときに僕らは知り合った。みつば第三公園で声をかけられたのだ。みつば第二公園にはない鉄棒で、僕が逆上がりや前まわりをしていたときに。

　そこで郵便屋の仕事について訊かれ、答えた。試してみたらどうかとアルバイトに誘った。郵便屋が休憩中に鉄棒でクルクルまわっているのが楽しそうに見えたから、荻野くんは声をかけたらしい。

　クルクルは今も続けている。みつば第三公園で休憩するときは、逆上がりと前まわりを三セット。計六回転する。幸い、郵便屋が鉄棒でまわっている、などと通報されたことはまだない。

「平本さんがあそこでアルバイトに誘ってくれてなかったら、今どうなってたかわかんないですよ。道を決められなくて、フリーターになってたかも」

「それはないでしょ」

「ありますよ。そうなってた自信、かなりあります」

「何よ、その自信」と笑う。

荻野くんも笑う。

「就職が決まったことを報告しようとは、ずっと思ってたんですよ。局に行こうかとも思いましたし」

「来てくれればよかったのに」

「部外者が入ったらマズいじゃないですか。個人情報がありまくりな場所なわけだし。それに、配達に出る前とかはあわただしいし」

「まあね」

「そのうち町で会うだろうとも思ってたんですけど。これが意外と会わないんですよね。たまに見かけてもバイクで走っていかれちゃうし。配達に来てくれたときに声をかけるのは仕事の邪魔になるし」

「邪魔になんてならないよ」

「日本郵便に落ちたから顔を合わせづらいっていうのも、ちょっとはあったんですよ。でも避けてるみたいになるのはいやだから、書留の配達に来てくれたときに話そうと思ってました。それなら顔を合わせるから」

「合わせるけど。書留なんて来るの？」

「来ます。一つ、絶対に来ることがわかってたんですよ」

「何？」

「カードです。働くようになって、クレジットカードをつくったんですよ。それは簡易書留で来ますからね。誰が持ってきてくれるかと思って、待ってました。平本さんかな、筒井さんかな、二区だから谷さんてことはないよなって」

「じゃあ、来たのは美郷さん？　荻野くんと会ったなんて聞いてないけど」

「バイトくんでした。知らない子です。まだ若いんじゃないですかね」

だったら、五味くんだ。

「火曜か土曜でしょ」

「土曜ですね。再配達にしてもらいました。僕は総合職で、基本、土日休みなんで。まだ学生ですよね？　その彼」

「うん。今、大学二年。最近二区もやるようになった。通区したばかりだよ」

「何か、懐かしかったですよ。昔の自分を見てるみたいで」

「昔って。まだ二、三年でしょ」

「そうですけど」

「それに、彼は荻野くんとはタイプが全然ちがうし」

「やっぱそうですか。そんな感じ、しました。まじめそうな子だなぁ、と思いましたよ」

「荻野くんも、まじめではあったじゃない」

「いやぁ。ぼくは問題児でしたよ。一度やめてますし」

「復帰してからは、小松課長も絶賛の優良アルバイトさんだったよ」

「それも平本さんと筒井さんのおかげですよ。あと、谷さんも」

荻野くんは谷さんにあれこれ言われるのがいやになって無断欠勤し、アルバイトをやめた。が、美郷さんの説得もあって、後に電撃復帰した。復帰してからの荻野くんは本当に頼もしかった。アルバイトに誘ってよかったと、僕もあらためて思った。

「再配達に来てもらったとき、二度も来させてごめんねって言ったんですよ。そしたらその彼は、いえ、お気遣いありがとうございますって。ぼくは学生バイト時代にそんなこと言えなかったですよ。すごいなと思いました」

五味くんは確かに丁寧だ。とても礼儀正しい。人と話すのが苦手だから一人でやれる配達のアルバイトを選んだのだと言っていた。普通にそんなことを言えるようになっているのなら、それはうれしい。

「ぼくも局で配達のバイトをしてたよって、言いそうになりました」

「言わなかったの？」

「言わなかったです。だから何だよって話だし」

「彼はそんなふうに思わないよ」

「思わなそうでした。でもぼく自身が思っちゃいました。その先輩ヅラは何だよって。だから、なし」

こういうところが荻野くんらしい。これはこれで長所だ。

ふと思いだし、こんなことを訊いてみる。

「そういえば、空手はまだやってるの？」

「もちろん、やってます。そう、だからここを離れたくなかったっていうのもあるんですよ。前崎さんの指導を受けたいから」

前崎心堅さん。四葉にある至明館道場の師範代だ。

大学生のときから荻野くんはその道場に通っていた。というか、二十歳のときに再び空手を始めた。荻野くん、実家も空手道場なのだ。だから子どものころもやっていた。そしていやになり、やめた。その後また始めたのだ。二十歳になってから。

「黒帯は、とれた？」

「まだです。まだまだかも」

「今も小学生にやられてるの？」

「やられてます。フルボッコです。あいつら、変幻自在（へんげんじざい）。下段。中段。で、上段かと思わせてまた下段。まわし蹴（げ）り。効きますよ。油断してると、その場に崩れ落ちますもん」

「痛みには慣れないの？」

「慣れないです。痛いものは痛いです。前崎さんレベルになると慣れるんでしょうけど、ぼくなんかは全然。痛いのをひたすら我慢するだけです」

「それが大事なんじゃない？」

「そうなんでしょうね。でもほんと、痛いですよ。何のためにやってんだろうって、今でも思いますもん」

　なのにやめないわけだ、今の荻野くんは。

「筒井さんと谷さんにも言っといてください。日本郵便は落ちたけど、一応、就職して、どうにかやってますって」

「うん。言っておくよ」

「でも、ライバル会社ってことになっちゃいますね」

「同業者ってことでいいでしょ」

「じゃあ、そういうことで」

そして僕はまたこれを言ってしまう。

「荻野くん、会社で上に行って、人とＡＩが共存できる運送システムを開発してよ」

「ぼくにそんな頭はないですよ。でもそんな気持ちではやってます」

「おぉ」

「あ、平本さん、ちょっと待っててください。お茶持ってきます。ペットボトルのやつ」

「いいよいいよ。もう行くから」

「安かったからまとめて買ったんですよ。こないだ、道場からの帰りに。四葉のハートマートで」

その言葉につい笑う。カーサみつばの横尾さんと同じだ、と思って。

「いや、ほんとにだいじょうぶ。さっきの話じゃないけど、お気遣いありがとうございます。それじゃあ」

ヘルメットをかぶり、バイクに乗る。

荻野くんと別れて、配達を再開した。

快調に郵便物をさばき、いい気分で局に戻ると、そこでもいいニュースが待っていた。

そのニュースは、不運にも今日が出勤日になってしまった山浦さんからもたらされた。

「平本くん。生まれたよ」

山浦小梅ちゃん、誕生。


高林雄飛くん宛のサイン。それは案外早くもらえることになった。いや、案外ではない。すぐもすぐ。昨日の今日。速攻。

昨日、春行にLINEのメッセージを送った。

〈サイン、一枚ほしいんだけど〉

すぐに返事が来た。

〈じゃ、明日行くわ。ちょうどよかった。おれも百波もあさって休み〉

そして土曜日の午後八時すぎ。百波と二人で本当に来た。

今僕が住んでいるのは実家。前に住んでいたアパートよりは東京から近い。春行と百波が同棲しているマンションは渋谷区にある。タワーだ。三十階どころではない。四十階以上。春行の部屋は最上階。一度来いと言われているが、行ってはいない。何だか気後れしてしまうのだ。百波の部屋でもあるから。

二人はそこからタクシーで来る。春行は車を運転しないよう事務所に言われているのだ。もちろん、強制力はない。でも春行は従っている。そもそも車の運転があまり好きではないから。

そこは兄弟。僕も同じだ。バイクの運転は好きだが、車はそうでもない。バイクにはある自分との一体感が、車にはない。バイクに乗っているときはバイクも自分と思えるが、車に乗っているときに車を自分とは思えない。

前にそう言ったら、じゃ、おれもバイクの免許とるかなぁ、と春行は言った。車がダメなのにバイクがいいわけないじゃない、と百波に言われ、あっさりあきらめていたが。

来訪は急だったので、お酒とつまみはすべて僕が近くのコンビニで買った。

お酒は、春行と僕にはビールで、百波には、梅、ピーチ、レモン、の三種サワー。

つまみは、アスパラとポテトのチーズ焼き、鶏大根、ネギ塩焼きそば。ポテトチップスは、梅のり塩味とゆずこしょう味。

あとはいつものように宅配ピザを頼んだ。

お金はいつものように春行がすべて出してくれた。

「そんじゃ、乾杯すっか」と春行が言い、

「その前に」と僕が言う。

「ん？」

「サイン書いちゃってよ」

「あぁ、そうだな。酒が入ってからのサインは失礼だ」

「よく言うよ」とこれは百波。「家ではお酒飲んだあとも書いてるじゃない。下手すれば、飲みながら書いてるし」

「枚数が多いときはしかたないだろ。母ちゃん絡みのやつは勘弁しろよ」

飲料会社の課長である母は、春行によくサインを頼むのだ。それは自身の営業ツールにつかう。娘を持つ取引先の人たちに渡すらしい。

「名前、何だっけ」と春行に訊かれる。

「これ」と、あらかじめ書いておいたメモを渡す。

「高林雄飛。ユウヒで合ってる？」

「うん」

「カッチョいいな。高林がもうすでにカッチョいいのに、そのあとに雄飛が来ちゃうか」

「最近の子の名前としては、そんなに突飛でもないでしょ」

「かもな。すごいのはすごいもんな。キラトくんとか、メロンちゃんとか」

こんなときのために、色紙は常に何枚か用意している。春行がその色紙にペンでスラスラと文字を書く。

まずは読めるように。高林雄飛くんへ。

それからかなり崩して。春行。

そしていつものラヴ・アンド・ピース。ハートとじゃんけんのチョキだ。

「一言書いちゃっていい？」と訊かれ、

「お願い」と答える。

「『ダメデカ』が好きって言ってたよな？」

「うん」

「じゃ、これで」

春行はこう書き加える。ダメなのも才能！

それを見て、百波が言う。

「ちょっと。だいじょうぶ？　雄飛くんがダメみたいになってない？」

「だいじょうぶだろ。すぐ下におれの名前が来てんだから」春行は僕に言う。「渡すときにそう説明しといてな。その藤沢くんに」

「わかった。しとくよ。ダメなのは春行だからって」

「それも微妙。ま、いいか。じゃ、乾杯！　雄飛くんと藤沢くんとおれと百波と秋宏に」

グラスをカチンと合わせ、春行と僕はビールを、百波はピーチサワーを飲む。最近の傾向として、百波は甘めのものから酸っぱめのものへ移行することが多い。

「うめ～」と春行が言い、

「明日休み。うれし～」と百波が言う。

「秋宏も休みだよな？」

「うん」

「たまきさんは？」

「仕事をするみたい。声はかけたんだけどね。締切が近いからちょっと厳しいって」

「何か悪いな、休みの前なのに」

「いや。だからたまきのとこにも行かないことになってたし」

「秋宏くん。いつもたまきさんの部屋に行くの？」

「そう。局から近くて、お互いにそのほうが楽だから」

「ここへはもう来た？」

「何度かね」

「次こそはたまきさんも呼ぼうよ。また四人で飲みたい」

「うん。そうしよう」

「で、雄飛くんていうのはさ、その藤沢さんの子どもなの？」

「いや。子どもではなくて、甥っ子。お姉さんの子どもか」

「春行ファンなんだ?」

「そうみたい」

「何歳だって?」

「十歳。小四」

「小四の子が好きって言ってくれるの、うれしくない?」と百波が春行に言う。

「うれしいな。八十代の人に言われるのもうれしいけど、子どももうれしいよ」

「しかも『ダメデカ』を見て好きになるっていうのがいいよね」

それを受けて、僕が言う。

「自分で自分をダメと認められるところがすごいと思ったんだって」

「と小四でそう言えちゃうその雄飛くんがすごいよな」と春行。「そんなら、やっぱサインはあれでいいじゃん。伝わるだろ、あれで」

「何が伝わるの?」と百波。

「何か、こう、魂みたいなもんが。実際、込めて書いたからな、魂。毎回込めてるよ、サインには。と、これも言っといてな。秋宏」

「むしろテキトーだと思われない?」とまた百波。

「だからテキトー魂を込めてんだよ」

「せめて小四の子にはテキトーじゃない魂を込めなさいよ」

「それも一緒に込めたよ」

「っていうそれがもうテキトーだっつうの」

春行は笑いつつ鶏大根の汁が染みた大根を食べ、ビールを飲む。棚に立てかけたサインを見て、言う。

「サインてさ、もう何千枚と書いてきたけど」

「何？」と百波。

「こないだ、ふと思ったんだよ。漢字は美しいなって」

「何それ」

「いや、マジな話、そう思わね？　あんなふうに崩して書いたって、それなりに見られるじゃん。うまい人が書いた書道の字とかって、ほんと、きれいだし」

「あぁ。それは確かに」

「考えたら、カッコ悪い漢字なんて、一つもねえんだよな」

「一つぐらい、ない？」

「ない。そうじゃね？　見た目がちょっとおもしろかったりすんのはあるけど、そんな漢字も、別にカッコ悪くはねえんだよ。ただ、たまに誰かがまちがえて、実際にはない字を書いちゃったりすると、それはカッコ悪く見える」

「あぁ。それも確かに」

「こないだサインを何枚も書いてて、ふとそう思った。何だろう。歳を食ったからなのかな」

「秋宏くんは、もう三十になった？」と百波に訊かれ、

「こないだね」と答える。

「そうだ。秋宏もなったのか、三十代に」

「たまきさんと誕生祝、した？」とやはり百波に訊かれ、

「特にはしてないけど、プレゼントをもらったよ」と答える。

「何？」

「ジャケット」

「秋宏くん、ジャケットなんて着るんだ？」

「着なかった。でも前に行った服屋さんで、着てみればってたまきに言われて、試着したんだよね。ちょっと高かったから、結局買わなかったんだけど。それを、たまきがくれた。試着して、サイズはわかってたから」

「たまきさん、お見事。適度なサプライズ」

「適度ならサプライズじゃないだろ」と春行。

「秋宏くんとたまきさんらしくていいよ」

　三十歳。あっさりなってしまった。二歳上のたまきはとっくになってたから、どんな感じかは何となくわかっていた。たまき曰く。あせるけど何も変わらない。まさにそのとおりだった。

「それにしてもさ」とピーチサワーを飲んで百波が言う。「甥っ子のためにサインをもらう叔父さんていうのも、何かいいよね」

「あぁ。それはいいな」と春行も同意する。

「わたしも、姪っ子ができたからわかるよ。かわいいもん」

「え、できたの？」と尋ねる。

「できたよ。言ってなかったっけ」

「うん」

「そうか。秋宏くんには言ってなかったんだ。もう二歳だよ」

　百波こと林福江。姉は雪江さん。結婚して、上野雪江さんになった。そこまでは聞いていた。その雪江さんが産んだのだ。女の子を。

「名前は？」

「ヒナノ。一日の日に南に乃木坂の乃で、日南乃」

「日南乃ちゃん」

「ほら、わたしはお姉ちゃんと仲よし姉妹ってわけじゃなかったから、正直、そんなでもないだろうと思ってたのね。でも生まれてみたらさ、やっぱりかわいいのよ。ギュ～ッてしたくなる。実際、しちゃう。クッソ～、やりやがったな、お姉ちゃん。と思ったもん。ほんと、何だろうね、子どものあのかわいさ。有無を言わさないあの感じ。自分の子ならわかるけど、人の子っていうか、お姉ちゃんの子でもそうなの」

「藤沢くんもそう言ってたよ。雄飛くんのこと」

「十歳になってもそうなんだな」と春行。

「育ったら育ったでかわいいでしょ」と百波。

「普通に会話ができるようになったら、それはそれでちがうかわいさが出てくんのかもな」

「普通に会話はできなくても、日南乃ちゃんはかわいい。小さい子ってさ、ムチムチッとしてるんじゃなくて、プチプチッとしてるのよね」

「わかるわ。手首んとこに線が一本入ったりしてんだよな。ここまでが腕でここからが手の甲です、ここが境です、みたいに」

「そう。だからつい触りたくなっちゃう。撫(な)でたくもなっちゃう。ほんとにプチプチでスベスベなんだもん。あの肌に戻れるなら、二百万出すよ」

「二百万！」

「安い？」

「高ぇよ」

「高くない。むしろ激安だよ。年増女優なら二千万出すでしょ。売れっ子年増女優なら二億出す」

「あ、そうだ。福江ちゃんさ」と僕が言う。

「ん？」

「前に、職場の人の話、したじゃない。女の子が生まれて、名前は百波から波をもらって小波ちゃんにしたって」

「あぁ、うん。小波ちゃん」

「その小波ちゃんにも妹が生まれたよ」

「そうなの？」

「うん。今度は波はつかなくて。小梅ちゃん。小さいに梅。また波をもらうことも検討したんだって。でも考えに考えて、小でそろえた」

「いいじゃない。小梅ちゃん。かわいいよ。わたし、梅、好き。ポテチでも人でも」

そして百波は言う。「そうかぁ。姉妹かぁ。わたしとお姉ちゃんみたいじゃなく、仲良し姉妹になってほしいなぁ。何歳ちがい？」

「四歳かな」

「結構離れてるんだ。じゃあ、だいじょうぶかも。はっきり、お姉ちゃんと妹、になりそう。ぶつからなそう」

小梅ちゃん。初写真はこの休み明けになるだろう。二百枚ぐらい、一気に来ると思う。

それからも、三人で話し、飲み、食べた。

二本めのビールの缶のタブをクシッと開けたところで、春行が言う。

「秋宏。これ、まだ秘密な」

「うん。何？」

「『ダメデカ』劇場版、制作決定」

「ほんとに？」

「ほんとに」

「映画ってことだよね？」

「映画ってこと」

「すごい。そんなに評判よかったんだ？」

「視聴率はそんなでもないけど、評判はよかったな。だから映画に、となった」

「本決まり、だよね？」

「ああ。本決まり。ここでひっくり返されたらおれがあせる、で、映画には百波も出る」

「そうなの？」

「そう。な？」

「うん。映画でもまさかのオファー。これで、映画の公開が終わるまで、絶対に春行と別れられなくなった」

「いや、それは」と、ややあせって僕。「そんなことを、言われるの？　映画会社とかテレビ局とかに」

「はっきりは言われない」と春行。「けど、まあ、圧はかかるよな。察してくださいよ、みたいに」

「そうなんだ」

「別れたら別れたで、いい宣伝になるかもしんないけど」

「なる？」と百波。「別れたカップルが出てる映画とか、観たくないでしょ」

「うーん。そうか。じゃあ、別れない」

「じゃあじゃねえし」

それを聞いて、笑う、何というか、笑える。ちょっと前までなら笑えなかったと思う。こんなことを軽く言えるようになった。言ったくらいでは揺るがないようになった。それだけ春行と百波の仲は深まったということなのだ。たぶん。

「まだ誰にも言っちゃいけないんだよね？」と春行に尋ねる。

「そうだな。言わないで。たまきさんぐらいならいいけど」

「いいの？」

「いいよ」

「じゃあ、言うよ。で、何、福江ちゃんはどんな感じで出るの？　ドラマでは最終回だけだったけど」

「またあの刑事役だな。よその署の刑事。出番は増えるはず」

「また何か、実生活での関係を匂わせるようなこと、するの？」

「いや、ドラマでのあれは、完全なおれのアドリブだから」

「でもあれがウケたわけだから」と百波。「今度は脚本家さんが初めからセリフに入れてくるんじゃない？」

「それはあるかもな」

「そしたらどうする？　そのまま言う？」

「いや。またアドリブをかます。もう別れたし、みたいなことを言うのはありかもな。一瞬みんなを驚かせて、戻す。何ならプロポーズぐらいしちゃう。そしたらつかってもらえるだろ」

「現場でひやひやさせるのは勘弁してよね」

『ダメデカ』劇場版。共演は、テレビドラマ版レギュラーメンバーの手代木了都に野宮厚巳に井原絹。そこに、能見綾穂と岩村夏香が加わるという。前者が高校生刑事手代木了都の相手役で、後者がダメデカ春行の相手役らしい。で、隠し玉が百波。ほかにも、長屋輝斗に松崎琴乃。上の世代では白坂壮一郎に山越操枝。映画ならではの豪華な布陣だ。

その主演が春行。すごい。司会を務めるテレビのバラエティ番組も二年めに入った。春行はますます好調だ。

落ち目になったとは思われないぎりぎりのとこでやめるつもりだと前に言っていた。今はどうなのか。この感じならしばらくはやめないだろうが、やめるときはあっさりやめそうな気もする。ほかの人にはわからないかもしれない。弟だから、わかる。

ネギ塩焼きそばをうまそうに食べて、春行が言う。

「テレビドラマんときはそんなことなかったけど、映画では、岩村さんがおれをアキって呼ぶらしいんだよな。役名が吉永秋光だから。おれがアキって、何かすげえ変な感じ」

「わたしまでそうなったら、実際に秋宏くんを呼ぶつもりでやってみようかな。そのほうが、より親近感が出るかも」

と、そんなことを言っている百波の新作映画も来年には公開される。森上澄奈とのダブル主演。共演は、三枝恭作に横田益臣に竹沢鳴代。こちらは『ダメデカ』とちがってシリアスなものらしい。『カリソメのものたち』で助演女優賞をとった百波は、女優としても評価されているのだ。

春行が僕に言う。

「秋宏、三十になって何か変わったこと、ある？」

「ないかな」

「ないのかよ」

「そんな、急には変わらないよね」

「おれは去年思ったよ。ゲゲッ、三十！　って」

「芸能人だからでしょ」

「一般人だってそれは思うだろ。二十代が終わるって、かなり強烈だし」

「強烈かなぁ」

「強烈だろ」

「あんまり感じなかったな」僕はビールを一口飲んで、言う。「あ、でも、三十になって始めたことなら一つあるよ」

「何？」

「読書。本を読むようになった」

「本て？」

「小説。たまきの部屋にあるのを読む」

「誰の小説？」

「横尾成吾さん」

「聞いたことないな」

「『キノカ』っていう映画、あったでしょ？」

「えーと、天使のやつ？」

「鷲見(わしみ)くんが出てたやつだ」と百波。

「それ」

『カリソメのものたち』で百波と共演した人気俳優鷲見翔平(しょうへい)。その主演作だ。

「原作が横尾さんの小説なんだよ」

「へぇ」と春行。「あれ、もとは小説なのか。漫画かと思ってた」

「そういうエンターテインメントっぽいのを初めて横尾さんが書いたんだって。たまきが言ってた」

「その人の本を読んでるんだ？　秋宏くん」

「うん。デビュー作から順に読んでる。結構おもしろいよ。『カリソメのものたち』

の原作もおもしろいと思ったけど、横尾さんの本もおもしろい」

「三十にして読書か」と春行。「悪くないな。おれは無理だけど。文字のみは無理。絵がないとツライ」

「わたしは読んでみようかな。横尾、何だっけ」

「成吾」

と、まあ、そこ止まり。

横尾さんがたまきの下の部屋に住んでいることまでは言わない。それは横尾さんの個人情報だから。そこはきちんと線を引く。話している相手は春行と百波。引かなくていいのかもしれないが、僕は引きたい。

飲みものはそれぞれ三本めに入る。春行と僕はビールで、百波はレモンサワー。

「あ、そうそう。秋宏さ」とまたしても春行が言う。「今度、ここの合カギ、つくって送ってくんね？」

「失くしたの？」

「いや。おれ、持ってねえんだよ」

「そうなの？」

「ああ。親父と母ちゃんが別れたとき、親父に返しちゃった。母ちゃん経由で」

「伊沢になるからってこと？」

「じゃない。持ってると失くしそうだから」

「今、探せばあるんじゃないかな」

「それはいいよ。たまきさんにでも渡せ」

「実家のカギは渡しづらいよ。たまきも、たぶん、いらないって言う」

二種のポテトチップスを同時に食べて、百波が言う。

「秋宏くんが前に住んでたアパートの合カギは持ってたのに実家の合カギは持ってないって、すごいね」

「おれもそう思った。それも変だよなって。母ちゃんも持ってんだよな？」

「持ってるでしょ」

「まあ、それも変と言えば変だけどな。別れたダンナの家の合カギを持ってるってことだから」

「変でもないよ。今は僕が住んでるわけだし」

「そう。それもそうなんだよ。秋宏が住んでれば変じゃない。だからおれもやっぱ持っとこうと思ったんだ。もし何かでいきなり来たときにカギがないと困るから」

「じゃあ、スペアをつくって送るよ。簡易書留で」

「普通の郵便でいいよ」

「いや、カギは大事だから」

「けど、それだとハンコ捺さなきゃいけないだろ?」

「春行のマンションなら、宅配ボックスみたいなのがあるんじゃないの?」

「ボックスはない。その代わり、コンシェルジュがいる」

「あ、人がいるのか。ホテルみたいに」

「ただ、受けとってもらうのは荷物だけにしてる。宅配便とかだけ。書留なんかは不在通知を預かってもらう。だからさ、再配達をしてもらわなきゃいけないんだよ。それは面倒じゃん。秋宏のお仲間にも手間かけちゃうし」

「いいんだよ。そういうものだから」

「おれは普通の郵便でもかまわないよ。漁(あさ)られるようなポストでもないし。万が一カギをとられたとしても、部屋までは来れねえよ。セキュリティは万全」

ならばということで、僕は春行に木崎新さんのカギの話をした。島根から送られた合カギがなくなって見つかったという話だ。もちろん、個人情報は伏せた。

春行は、話の本筋からは外れたところで驚いた。

「すげえな。それでカギ、見つかんのか」

「たまたまだけどね。僕も驚いたよ。やってみるもんだというか、あきらめないことだな、と思った。あきらめなかったのは僕じゃなくて、藤沢くんなわけだけど」

「井戸を掘るなら水の湧(わ)くまで掘れ、だな」

「あ、それ」と僕は言う。「昔ここのトイレにあったやつでしょ。日めくりカレンダーに書いてあった格言みたいなの」

「お、何、秋宏も覚えてる?」

「うん。僕らが高校生のころ、便器の正面の壁に掛けられてたよね」

「そう。親父がどっかからそのカレンダーをもらってきて、掛けたんだ」

「一ヵ月の日めくりだからさ、一つの言葉を毎月一度は見るんだよね。一年で替える必要もないっていうんで、二、三年掛かってたし」

「だから覚えちゃうんだよな。便器の真ん前にあれば、やっぱ見るし」

「そうそう。じっくり見ちゃう。覚えちゃう」

「井戸のそれは、何かを始めたら結果が出るまでやり続けろ、みたいなことだろ?」

「だろうね」僕は続ける。「それでさ、次の日が何だったか覚えてる?」

「いや。何だった?」

「あきらめが肝心」

「マジで?」

「うん。確か、そう。覚えてるよ。前日にああ言っといてそれ?　って思ったから」

「井戸掘らせといて言うなって話だよな」

「うん。あれ、わざとそうしたのかな。それとも、たまたまかな」

「すぐにじゃなく、一日待って言われるとこがいいよな。そうだよなぁ、結果が出るまではやるべきだよなぁ、と思わせといて、それ。嚙みしめさせといて、ガツン。おもしろい。今度、番組で言うわ」

「僕もさ、合カギ、つくったら送るよ。そういうことだから、今回は簡易書留にさせて」

「了解」

井戸を掘るなら水の湧くまで掘れ。

あきらめが肝心。

たぶん、どちらも大事なのだ。

掘れるところまでは掘る。掘れるのにあきらめることはしない。

で、無理とはっきりわかったら、そこではスパッとあきらめる。

そうできればいい。したい。

そしてスマホの着信音が鳴る。

手にとって、画面を見る。

ＬＩＮＥのメッセージだ。セトッチから。

書かれた文字は、わずか四つ。

〈未久誕生〉

漢字は美しいな、と思う。

秘密の竹屋敷

四葉には竹屋敷がある。

屋敷と言うほど大きくはない。ごく普通の家。でもそう言いたくなる。竹家、や、竹の家、では竹でつくられた家みたいだから。

そうではない。木がみっしり茂っているのだ。庭というか、柵で囲まれた敷地全体に。

何種類もの木々が交ざっているのだと思う。が、やはり竹の印象が強い。ほかの木々のすき間を埋めるように、まさに埋め尽くすように、竹が生えている。

竹は生長が速いという。一日で一メートル以上伸びたりもするという。人間なら偉いことだ。小梅ちゃんや未久くんがそうなったら、山浦さんやセトッチが困ってしまう。

地下茎を取り除かない限り、竹は地表に出ている部分をいくら伐採してもまた生えてくるらしい。だから人が住まなくなると、そんな竹屋敷も案外簡単に誕生してしまうのだ。

実際、人は住んでいない。もう何年も。いや、もしかしたら、何十年も。

ただ、郵便局的には、住んでることになっている。原簿に名前が残っているのだ。渋井清英さんという名前が。

住んではいないから、郵便物は来ない。DMハガキさえ来ない。幸い、集合住宅ではないので、ルミエール四葉の石野航樹さんのようなことになる心配はない。

一戸建て。近所の人宛の郵便物がそちらへ誤配される可能性がないとは言えないが、ほぼないとは言える。どんな配達員も、この家に誤配はしない。配達の際は、基本、素通り。寄らない。ここに誤配をしたとすれば、それは故意としか言えない。本当にまちがえたのだとすれば、配達には向いてないと言われてもしかたない。

その竹屋敷に、いや、渋井清英さん宅に、久しぶりに郵便物が来た。封書だ。どこだかの会社からの。

事情が事情なので、ハガキなら裏面を見せてもらってあれこれ推測することもできるが、封書ではそうもいかない。あて所に尋ねあたりませんということで、差出人さんに返すしかない。原簿に名前があるとはいえ、明らかに住んでいないとわかるのに郵便物を入れるわけにはいかない。

で、あて所に尋ねあたらないことを確認しようと試みたのが美郷さんだ。その日、四葉の担当は美郷さんだったので、そうなった。

夕方、美郷さんが帰局してから、僕はそのことを聞いた。

「平本くん、竹屋敷に郵便が来たよ」

「え、ほんと？」

「うん。だから行ってきた」

「訪ねたっていうこと？」

「そう」

「入ったんだ？　敷地に」

「入った。ほら、玄関には行けるじゃない。車庫はコンクリートで固められてるから竹は生えてないし。そこから玄関までは、ワサ～ッと来てるけど」

「来てるね」

「かいくぐって、どうにか行ったよ。ほんと、すごいの。玄関の前のタイルみたいなとこも、ひび割れてるそのすき間から結構長い草とか生えてるし」

「そこまでは行ったんだ？」

「行った。だって、確認はしなきゃ」

「あそこは外からの確認でいいんじゃない？　なかに誰かがいないとは限らないよ」

「いないでしょ。というか、それを確認するんでしょ」

「渋井さんはいないだろうけど。空家なら、わからないじゃない。誰かが入りこんでるかもしれないよ」

「だとしても。ちゃんと確かめなきゃダメじゃない」

「ダメだけど」

「わたしが女だとか、そういうのは関係ないからね」

「そうは言わないけど」

「言わんのかい」と美郷さんが笑う。

みつば局に異動してきたとき、美郷さんはこの手のことで初日から谷さんとぶつかった。仕事で女とかは関係ねえからな、と言われ、わかってますよ、そんなこと、と言い返したのだ。

この二人はあぶないな、と僕は思ったのだが。それから一年も経たないうちに二人は付き合った。バレンタインデーに美郷さんが義理ではないチョコを谷さんにあげ、そんなことになったのだ。男女、というか人はわからない。

「一ヵ月ぐらい前にもさ」と美郷さんが言う。「同じような封書が来たのよ。渋井清英様宛で」

「そうなの？　知らなかったな」

「その日も担当はわたしだったから」

「それで？」

「家を見るだけは見て、明らかに住んでないとわかったから、それで返しちゃったんだけど。で、またでしょ？　今度は声をかけようと思ったの」

「そういうことか。言ってくれれば一緒に行ったのに。そこは、ほら、女性がどうとかじゃなくて。女性が気をつけるべきことというか、気をつけていいことだと思うし」

「女性扱い、ありがとう。でもそのときだけみつばから平本くんを呼んだりはしないよ」

「僕でなければ、谷さんでも」

「それじゃ、バカなカップルじゃない」

「カップルではないでしょ。お互い局員という立場だし」

「何にしても、それは効率が悪いよ。昼だからだいじょうぶ。四葉とはいえ、隣がすごく遠いわけでもないし。峰崎(みねざき)さんみたいな感じなら困るけど」

　空巣に入られるのを僕が目撃して通報した峰崎隆由(たかよし)さんだ。確かに、峰崎さんのお宅はお隣が遠い。だから空巣も入りやすかったのだと思う。あのとき、峰崎さん宅はトレーラーハウスだった。今は６ＬＤＫの立派な一戸建てだ。

「あやしい人が出てきたら大声を上げるつもりで行ったよ。何なら絶叫するくらいのつもりで」

「で、どうだったの？」

「玄関のドアのわきにあるチャイムのボタンを押した。インタホンじゃなくて、旧型の。でも壊れてるみたいで、音は鳴らなかった。だから声をかけたよ。渋井さ～ん、郵便局で～すって。お隣まで聞こえるくらいの大声」

「いなかったんだ？」

「うん。物音も気配もなし。やっぱりいないんだ、と思えた。念のため、郵便受けも見てきたよ。塀に埋めこまれてるやつ」

「蓋がないあれだ」

「そう。郵便物はなかった。チラシは何枚か入ってたけど。雨に濡れては乾いてで、ヘナヘナになってた」

「風向きによっては雨が吹きこんじゃうもんね。でも郵便物がないならよかった」

「あったらあせるよね」

「あせるね」

ルミエール四葉の石野航樹さんと川内希絵さんの件は美郷さんに話していた。今の竹屋敷の件と同じ。同じ配達区を担当する者として、情報は共有するのだ。

「前から一ヵ月経ってるとはいえ二度めなんで、一応、平本くんにも報告ね。これは還付しちゃう」

「ちょっと待って」

「ん？」

「明日の四葉は僕だから、もう一度行ってみるよ。それは残しといて」

「いないと思うよ」

「そうだろうけど。二人で確かめれば万全でしょ。一緒に行かなくても、二度に分けて確かめれば万全」

「わかった。じゃあ、区分棚に入れとくから、明日行っていなかったら還付してね」

「了解」

　ということで。翌日。

四葉の竹屋敷、渋井清英さん宅に向かった。

ずっとそこに存在してはいたのだが、郵便物がないからいつも前を素通りするだけ。もはや、ちょっとした林、という程度の認識になっていた。実際、そうにしか見えないのだ。家自体が見えないから。これ、大げさに言っているのではない。本当に、家は見えない。

　バイクを柵のすぐわきに駐め、そこから敷地内を見る。

　竹屋敷と言っているが、よく見れば、やはり雑木屋敷。竹だらけというわけでもない。とにかく木々が密生している。幹こそ太くはないが、どれも高木と言っていいレベル。道に沿って張られた電線を優に超えている。今のところぎりぎり触れてはいないが、木が倒れれば引っかかるだろう。

それら木々の枝は柵の外へせり出してもいる。人の頭より高い位置なので、歩いていて邪魔になることはない。邪魔になるどころか、雨宿りができる。根や幹だけがどうにか敷地内に収まっている状態。小さな四角いプランターにこれでもかとばかりに多くの木々が植えられた感じだ。

柵からすぐのところに立ってみる。それでも家は見えない。距離は大してないはずなのに、見えない。人が入れない山と同じ。とてもじゃないが、分け入れない。

ほかの家が隣接していたら、こうはならなかったのかもしれない。木々に侵入されたその家の人が黙っているはずはないから。行政だって動かざるを得ないだろう。でも逆に言えば、他人に害を与えていない今はどうこうできないのだ。市役所の職員が市民に、お宅が林になっていますからどうにかしてください、とは言えない。

車庫は敷地の隅。車を駐めるスペースだけはコンクリートで固められている。そもそもはアコーディオンゲートのようなものがあったようだが、今はない。端の支柱の部分だけが残されている。だから、何ものにも遮られずに入れることは入れる。

にしても。よく入ったな、美郷さん。

人が住まないと、家はすぐに荒れる。そうなってしまった家はみつばにもある。

空家歴一年でもうわかる。庭が荒れている感じ。草が度を越して伸びている感じ。そういうのは目につくのだ。四葉だと、緑が残されている分、空家はよりわかりやすく空家になる。緑は強い。草は平気で一メートル以上になる。僕の背丈を超えるものもある。

にしても。よくここまでにしたな、渋井さん。

男でもちょっとこわい。昼間でもこわい。猪が不意に飛び出してきても不思議はない。そんなこわさがある。

これなら人は訪ねてこない、と判断した誰かが入りこんだりしてないだろうな。そのなかで大麻が栽培されたりしてないだろうな。銃の密造集団のアジトだったりしないだろうな。悪の巣窟だったりしないだろうな。

と言っていても始まらないので、こわごわと足を踏み入れる。

「こんにちは〜。郵便局で〜す。渋井さ〜ん、いらっしゃいますか〜」

美郷さんも大声を出したと言っていた。わかる。出したくなる。隣の人にあやしまれないように、ではない。自分の存在を隣の人に知らせたくなるのだ。郵便屋が来ましたよ〜、ちゃんと聞いておいてくださいよ〜、何かあったらお願いしますよ〜、と。

敷地そのものは決して広くない。みつばにある多くの建て売り住宅よりはやや広い、という程度。すぐ近くにある今井さん宅のような感じではない。

だから、車庫を抜けて木々の枝をいくつかくぐるとすぐに玄関にたどり着く。

そこで初めて家を見る。二階建て。外壁は、ごく普通の白。というか、くすんで灰色に近くなった白。

ドアは普通のドア。引戸ではない。鋼板製の古めかしいドアだ。色は何故かオレンジ。

そのわきにあるチャイムのボタンを押す。美郷さんが言っていた旧型のピンポンチャイムだ。ピンポンは鳴らない。

そこでもう一度、声。

「渋井さ～ん、郵便局で～す。配達に伺いました～。いらっしゃいますか～」

言ってから、五秒待つ。

人がいる気配も、いた気配もない。常に不在。そう判断していい。

これで郵便物を入れるわけにはいかない。渋井清英様宛の封書は持ち戻り、還付するしかない。

敷地から出る前に、郵便受けを見てみた。

やはり美郷さんが言っていたとおり、広告チラシが何枚か入っている。取りだし、郵便物が挟まっていないか確認する。

なし。オーケー。

チラシをもとに戻す。

敷地の外に出る。

振り返り、あらためて竹屋敷を、渋井清英さん宅を見る。

上方でせり出した木々の枝に今にも襲いかかられそう。圧迫感を覚える。

が、そうは言っても、配達区。この付近で雨に降られたときはお世話になろう、雨宿りをさせてもらおう、と決める。


と、それが一月中旬。年賀が終わってのそれだった。

年賀は今回もつつがなく終わった。

年賀ハガキの発行枚数は年々減っている。ピークは十年以上前。もうピークと言ってしまっていいと思う。残念だが、これから増えることはない。年賀状を出す習慣がない家庭で育つ子が大人になって年賀状を出すとは思えない。山浦小梅ちゃんや瀬戸未久くんに期待することはできない。

年賀の時期は学校も冬休み。いつもは週二の五味くんも週五で出てくれた。配達に局内での手区分にと大活躍。短期アルバイトの高校生たちにあれこれ教えたりもしてくれた。

みつば局が誇る精密機械、五味くんの超高速手区分には、高校生たちも大いに感心していた。動画を撮らせてください、とお願いする女子もいた。五味くんは断った。理由は、恥ずかしいから。じゃ、首から下だけにしますから。そう言われ、五味くんは渋々了承した。

年末年始は、いつものように父が実家に帰ってきた。

母と離婚してほぼ五年になる父、平本芳郎。自動車会社の社員。三年前から鳥取にある工場にいるのだ。管理者として。

四月からは工場長になるかもしれない、と言っていた。もしそうなら、四月以降も鳥取にいることになるらしい。今五十八歳だから、定年まではずっとだろう。何ならその先だってあるかもしれない。

去年、父から窪田一恵(くぼたかずえ)さんの話を聞いた。高校時代に父の同級生だった人だ。窪田一恵さんはダンナさんを亡くし、今は北千住のマンションに一人で住んでいる。父はその窪田一恵さんと、何というか、悪くない感じになっているらしい。一昨年の夏には、鳥取に砂丘を見に来た窪田一恵さんを案内したそうだ。ただし、まだ再婚を考えたりしているわけではないという。

今年は、窪田一恵さんに関する話は出なかった。僕も訊かなかった。何かあれば父が自分から言うだろうと思って。先月会ったとき、春行にもその話はしなかった。別に隠したわけではない。言おうと思いつかなかったのだ。

父と母と春行と僕、年に一度は四人で食事をしようと母は言う。去年も一昨年も、その食事会はできなかった。春行が忙しかったからだ。でも今年はやろうな。そう言って、父は鳥取へ戻っていった。

一月の第二月曜。成人の日が過ぎると、ようやく年賀が終わった感じになる。五味くんも週二に戻り、僕がみつば一区を配達する機会も増える。

夏休みになれば五味くんはまた週五で入ってくれる予定。でもその前、四月からはわからない。理系大学生。三年生からは本当に大変らしいのだ。いや、二年生でも大変は大変だった。そのなかで五味くんがどうにかやりくりしてくれただけの話。

来年度からはやれても週一とか、そんなふうになるかもしれない。それでもいいと小松課長は言っている。この流れでの五味くんの週一はやむを得ない。僕もそう思う。

で、まあ、とにかく一月は寒い。

去年は防寒着を含めて七枚着ることもあった。でもそれだとモコモコロボ秋宏になるので、今年は我慢して六枚。一枚分スリムなただのロボ秋宏になった。

寒、寒、寒、寒、と言いながら、みつば一区をまわる。ハニーデューみつばもりヴィエール蜜葉もカーサみつばもメゾンしおさいもすませ、黒木（くろき）さん宅に差しかかる。

今日は子どもの学習教材らしきやや大きめのゆうメールが二つある。郵便受けには収まらないので、手渡し。

インタホンのボタンを押す。ウィンウォーン。

「はい」と女性の声。たぶん、黒木真知子（まちこ）さんだ。

「こんにちは。郵便局です。大きな郵便物がありますので、お手渡しでよろしいでしょうか」

「はい。ちょっと待ってね」

プツッ。

門扉を開けて敷地に入り、玄関のドアの前で立つ。きれいに整えられた庭をチラッと見る。竹は一本もないな、と思う。

ドタドタいう音が聞こえ、ドアが開く。開けてくれたのは、綾馬（あやま）くんだ。すぐ後ろに亜結（あゆ）ちゃんがいる。

「はい」と二人の声がきれいにそろう。

「郵便局です」と再度言う。

「ハンコ?」と亜結ちゃん。

「いえ。ハンコはだいじょうぶ」と僕。

「じゃ、何?」と綾馬くん。

奥から真知子さんがやってくる。

「こら。裸足でそこに下りない」

「裸足じゃないよ」と亜結ちゃん。

「靴下履いてるもん」と綾馬くん。

「履いててもダメ。おウチが汚れちゃうでしょ?」そして真知子さんは僕に言う。

「こんにちは。郵便屋さん」

すぐに二人が続く。というか、まねをする。

「こんちわ」と綾馬くん。

「こんにちは」と亜結ちゃん。

「こんにちは」と僕も返す。

亜結ちゃんと綾馬くんは男女の双子だ。二卵性双生児。前にも一度このお宅で会ったことがある。確か、書留の配達で伺ったときだ。そのときは預けられていただけ。住んではいなかった。今は住んでいる。そう。去年の四月にこの黒木さん宅に転入したのだ。

黒木真知子さんはいつも年賀ハガキとかもめ~るハガキをまとめて買ってくれ

る。年賀ハガキは毎年百枚。僕が届ける。去年もかもめ～るを届けたが、その際に亜結ちゃんと綾馬くんはいなかった。たまたま不在だったのだろう。今の感じからすると、いれば必ずこうなりそうだから。

配達をしているので、僕はすでに二人が住んでいることを知っていた。が、もちろん、何も言わなかった。真知子さんも言わなかった。

今は実際に二人がいるからか、いきなりこう来る。

「家族が増えちゃったわよ。二人はここの住人さん」

「そうですか」

「そうなのよ」

「住人さ～ん」と亜結ちゃんがうたうように言い、

「住人です！」と綾馬くんが元気よく言う。

「前に郵便屋さんに話したわよね。娘がダンナともめちゃったって」

「あぁ。はい」

「あのときは別れるまではいかないだろうと思ったんだけど。別れちゃった」

「そう、ですか」

真知子さんはいつもこんな感じだ。郵便屋の僕にさえ、そんな大事なことをあっさり話す。あのときは、別れるなら別れるでしかたないと思ってるというようなことまで言っていた。

「だから亜結と綾馬も今は黒木」

「わたし、黒木亜結」と亜結ちゃんが言い、

「前はホソノだよ」と綾馬くんが言う。

「前のことはいいのよ」と苦笑しつつ、真知子さんが自ら教えてくれる。

細野さん。細野家として住んでいたのは東京の狛江市だという。

この黒木家は、去年の三月までは永介（えいすけ）さんと真知子さんの二人だった。今は五人。黒木姓になった真緒子（まおこ）さんと亜結ちゃんと綾馬くんの名が記された転居届を見たときは、ちょっと残念に思った。その話を聞いていたから。

「娘、真緒子もかなり迷ったみたいだけどね。いつまでも迷ってるのは子どもたちにもよくないからはっきり決めなさいって、わたしが言ったの。ほら、二人の小学校入学も迫ってたから。よそに入学してすぐに転校じゃかわいそうでしょ？　お父さんは娘にバツをつけたくないみたいで、もうちょっとがんばってみたらどうだって言ったんだけど。それを我慢だと感じるようならやめなさいって、わたしが」

「あぁ」としか言えない。

「って、そんなことはいいのよね。郵便、もらいます。ほら、亜結ちゃん、綾くん、受けとって」

宛名を確認し、二人に渡す。

「こっちが亜結ちゃんで、こっちが綾馬くんね」

「ありがと」と二人がそれぞれ言ってくれる。

「まったく同じものなんだけどね」と真知子さん。「二人で一つってわけにもいかないから。双子は、ほんと、出費がかさむわよ。だから真緒子も今は働いてる。それでむしろ吹っきれた感じ。二人のことはお父さんとわたしにまかせて、楽しそうに働いてるわよ。お父さんも週に三日は働いてるから、面倒を見るのはほぼわたし」

大変ですね、とも言いづらいので、こう言う。

「おつかれさまです」

言ってから、それも変だな、と思うが、ほかにいい言葉は浮かばない。だから、届けたときも言ったが、今日も言う。

「年賀ハガキ、ありがとうございました」

「いえ。こちらこそ、持ってきてもらってたすかるわよ。五人になったんで、今年はもっと買うから。この二人にも出させるわよ、年賀状」

「あ、うれしいです」

「でも学校のお友だちに出すと、返事を出さなきゃいけなくなるからってことで親御さんに迷惑がられるかな。返信無用って書かせちゃおうかしら」

「いえ、それは」

「冗談。わたしもそこまではしないわよ。とにかく、百五十枚ぐらいはお願いすると思う。でもその前に夏のあれね」

「はい。かもめ～る」

「近くなったら、また来てくださる？」

「伺います」

「よろしく。ご丁寧に、ありがとうね。お話しちゃってごめんなさい」

「いえ」

「はい、二人もあいさつして」

「さようなら」とそこでも二人の声がそろう。

先生さようなら、みなさんさようなら、という帰りの会のあいさつの言葉を思いだして、僕も言う。

「亜結ちゃんさようなら。綾馬くんさようなら」

三人に頭を下げ、黒木家をあとにする。そして思いを巡らしつつ、配達した。配達の妨げになるほどは巡らさないよう注意して。

世の中には、結婚する人もいれば、離婚する人もいる。結婚するから、離婚もする。自分の両親を持ちだすまでもない。それは結果でしかない。結婚という制度をなくせば離婚もゼロにできる。でもそんなことは誰も望まない。

平本芳郎と伊沢幹子が結婚したから、春行と僕がいる。黒木真緒子さんと細野某さんが結婚したから、亜結ちゃんと綾馬くんもいる。たぶん、元平本夫妻も元細野夫妻も、子を持ったことを悔やんではいない。だとすれば、それでいいような気もする。離婚を大きなマイナスととらえる必要はないような気もする。

で、離婚の次は結婚。

僕にしてみれば、黒木真緒子さんは遠いが、こちらは少し近い。

休み明けの月曜日。朝の出発前は時間がなかったので、夕方の帰局後に美郷さんから話を聞いた。

谷秋乃さんの結婚の話だ。谷さんの妹、秋乃さん。

式と披露宴が土曜にあった。だからその日は谷さんも美郷さんも休みだった。新婦の兄のカノジョである美郷さんも出席したのだ。

その美郷さんによれば。

谷秋乃さんのお相手は、自動車販売会社の同僚、北垣育弥さん。異動で勤務する店が変わるのを機に秋乃さんにプロポーズしたという。結果、秋乃さんは北垣秋乃さんになり、兄の谷さんと暮らすアパートを出た。

谷さん兄妹は早くに両親を亡くした。親戚じゅうを、悪く言えば、たらいまわしされた。はなればなれにもなった。でも谷さんが郵便配達員になってからは一緒に暮らしてきた。谷さんは十八歳でもう、秋乃さんの面倒を見ていたわけだ。

秋乃さんが高校を出て今の会社に勤めるようになってからも、二人での暮らしは続いた。秋乃さんが一人暮らしをすることはなかった。無駄に家賃を払うくらいならその金を貯めろ、と谷さんが言ったこともあって。

北垣育弥さんには、悦弥（えつや）さんという兄がいる。こちらは自動車整備士。三歳上だから、谷さんと同じだ。気が合えばいい。これは僕でなく、美郷さんの希望。

こぢんまりはしていたが、いい式にいい披露宴だったらしい。披露宴というよりは、パーティー。全部で二十人ぐらいの穏やかなものだったそうだ。

美郷さんは僕に言った。

「あの人、秋乃さんの父親代わりだからもしかしたら泣くかと思ったけど、それはなかった。泣いたら写真を撮ってやろうと思って、待ってたのに」

「待ってたの？」

「待ってた。あの人にもそう言ったし」

「だから泣かないようがんばっちゃったんじゃない？」

「そうみたい。あとで言ってた。ああ言われてなかったらちょっとあぶなかったって。泣くところを見られなくて残念。代わりにわたしが泣いたけど」

「泣いたんだ？」

「泣いた。何でわたしが泣いてんの？　って思った」

「谷さんが父親代わりってことは、美郷さんは母親代わりってことだもんね。理屈としては」

「秋乃さんはわたしより一つ上なんだけどね。でもそんな理屈は抜きにしても泣いちゃうよ、あれは。そしたらさ、あの人、わたしが泣いた顔を写真に撮ってんの。初めて見た、とか言って」

いい披露宴だったのだろう。想像できる。谷さんはこらえ、美郷さんは泣く。たぶん、秋乃さんもほかの何人かも泣いたはずだ。

秋乃さんは春行のファン。高林雄飛くんと並ぶ、かなりのファンだ。前にサインをあげたこともある。『リナとレオ』という春行主演の映画のチケットをあげたこともある。

だから美郷さんに言ってみた。

「披露宴で流す祝福メッセージ動画とか、春行に頼めばよかったかな」

三年前、セトッチと未佳さんが結婚したときはそうしたのだ。というか、セトッチの友人の僕がではなく、未佳さんの友人の百波が頼んだ。春行は喜んで引き受けたという。今回も、頼めば引き受けてくれたはずだ。

「それがあれば盛り上がっただろうけど」と美郷さんは言った。「なくてよかったかも。あの場でのそれは、何か大きすぎるよ。あそこにドーンと春行が出てきたら、映像だとしても、みんなとまどったと思う。悪い意味じゃなくて」

セトッチと未佳さんのときも、披露宴の規模は小さかった。全部で三十人ぐらい。あれが限界なのだろう。二十人だと、確かにそうなるかもしれない。いや。規模がどうこうの話でなく。それでよかったのだ。もし春行にメッセージを頼むなら、秋乃さんは兄の職場の同僚でしかない僕まで披露宴に呼ばなければいけなくなる。

何にしても。めでたい。

結婚があるから、離婚もある。ただあるというだけ。そこに行き着かない人たちもいる。行き着かない人たちのほうが遥かに多いのだ。

結婚直後にこんなことを言うのも何だが。

北垣夫妻もそうなってほしい。ずっとそちら側でいてほしい。

四葉には竹屋敷があるが、その近くに神もいる。

今井博利さんだ。カーサみつばの大家さん。

現大家さんは娘の容子さんだが、実質的にはまだ今井さんが大家さん。居住者のたまきによれば、各室のエアコンやガスコンロの交換などは今井さんが自分でやる。交換する時期をいつと自ら決め、その時期が来たら自ら動く。

管理会社にすべてをまかせる大家さんも多いなか、今井さんの存在は貴重だ。言えば何でもやってくれる。言わなくてもやってくれる。それでいて、押しつけがましくない。

今井さんは、ただの郵便屋である僕に缶コーヒーをくれたりもする。冬は保温庫で温めたものをくれる。僕がカーサみつばの居住者のカレシだからではない。そうと知る前からくれていた。ただ配達に行っただけなのに、焼きそばをごちそうしてくれたこともある。広い庭でバーベキューのようなことをしていたのだ。

よく覚えている。異動してきた美郷さんに僕が通区をした日だった。だから美郷さんと僕の二人分。鉄板でジュウジュウやり、すぐにつくってくれた。ここまでの三十年、僕のなかでのベスト焼きそばはあれだ。太麺がニクい今井スペシャル。

で、まさかの二度めがあった。

今井さんは、庭でバーベキューをやっているところへ僕が、というか郵便配達員が来てしまったら、声をかけずにはいられない人なのだ。

「おぉ、郵便屋さん」

「こんにちは」

「お昼、まだでしょ？」

「えーと、はい」

「食べてって食べてって。お昼の休憩なら、四十五分はいいんだよね？」

「そう、ですね」

今井さんはそんなことまで知っている。さすがにそれは、神だから、ではない。僕が丸四十五分、そこで休んだことがあるからだ。美郷さんとの焼きそばのときではない。その一年以上前。

すでに今井さんと話をするようになってはいた。わたしがいないときもここで休んでくれていいから、と言われてもいた。この広い庭には、青い横長のベンチがあるのだ。高台の四葉の端。そこに座ると、国道の向こうのみつばの町が見える。そしてそのときに、昼ご飯を食べながら奥さんの話を聞いた。亡くなった奥さん、今井藤子(ふじこ)さんの話だ。

「すぐつくるから。ちょっと待ってて」

今井さんにそう言われ、返事はわかっているのにこう尋ねる。

「本当に、いいんですか？」

「いい、いい。どうぞどうぞ。今日はもう、山ほどあるから」

実際、食材は山ほどあった。玉ねぎやキャベツやピーマンやにんじんなどの野菜。

ステーキのような牛肉。焼きそば用と思われる豚肉。ゴロンとしたソーセージ。かなりの大きさのエビ。厚みのあるイカ。

単なる休日の家族バーベキューではない。ほぼキャンプ。いわゆるデイキャンプだ。鉄板のそばに大きなテーブルが置かれ、あちこちにイスも置かれている。

食材が多いからには、食べる人たちも多い。今井さんに娘の容子さんにその息子の貴哉くん。あとは子どもたち。全部で十人。何と、女子もいる。

「郵便屋さん」と貴哉くんが言う。神の孫だ。「ちょうどよかった。早く来ないかなと思ってたよ。美郷さんとどっちが来るかなとも思ってた」

「じゃあ、僕が当たりを引いたわけだ」

貴哉くんは小学五年生。十一歳にして、美郷さんを美郷さんと呼ぶようになっている。まあ、僕がそう呼ぶからだけど。

「みんな、学校のお友だち?」と尋ねてみる。

「そう。全員クラスが同じなわけじゃないけどね。でも一度は同じになってるかな」

「二クラスしかないんだもんね」

「うん」

今は二クラスでも、四葉にマンションが建てられれば、一気に倍の四クラス、となるかもしれない。

貴哉くんは、そこにいる子たちの名前を僕に教えてくれる。

鶴田優登くん。福村照穂くん。岩見太輔くん。曽根弥生ちゃん。小久保夢乃ちゃん。白瀬佳澄ちゃん。金森いろはちゃん。

貴哉くん含め、八人。皆、四葉小の児童だ。配達区に住んでいるから、名前だけは知っている。

四人めで、実は密かに驚いた。

曽根弥生ちゃん。貴哉くんが好きな子だ。二年生のころからずっと好き。去年初めてバレンタインデーのチョコレートをもらった。進展している、ということなのか。

鶴田優登くんのことも、前から何度も聞いている。貴哉くんと仲がいい鶴田くんは、去年のバレンタインデーに光永木乃葉ちゃんと亀川心絵ちゃんにチョコレートをもらった。そしてどちらともハンバーガーデートをしたはずなのだが。その二人は今ここにいない。どうなったのか。

貴哉くんのことも鶴田くんのことも訊いてみたいが、訊けない。小学生の恋愛事情に興味を持つ郵便屋。さすがに気持ち悪い。

何であれ、すごい。男子と女子でバーベキュー。今の子たちは、この歳でもうこんなことができるのだ。

僕なら無理だった。女子たちと一緒に遊ぶなんて。しかも自分の親の前でそうするなんて。春行ならできたかもしれないが、僕は無理。

子どもたちは、それぞれにあいさつをしてくれる。

「こんちわ～」「春行！」「やっぱ似てる」「こんにちは」「イケメン」「そっくり」「本人？」

今井さんと容子さんは鉄板で野菜や肉を焼いている。

すきを見て、今日の郵便物を容子さんに渡す。そしていつものようにベンチに座り、貴哉くんと少し話をした。今日はほかの子たちもいるから、本当に少しだ。

「チョコ、みんなからもらったよ」と貴哉くんが言い、

「ん？」と僕が言う。

「今日、バレンタインデーでしょ？」

「あ、そうか」

今日は二月十四日。十三日の金曜日の翌日。十四日の土曜日だ。

「女子四人が男子四人にくれた。学校は休みだから、よかったよ」

「あぁ。休みだと、もらえないこともあるか」

「だから今日にしようって鶴田くんが言った」

「そうなの？」

「そう」と貴哉くんが笑う。「こうなったら、女子もあげるしかないよね。ウチでお昼を食べるんだし」

女子にしてみればあげやすくなるような気もする。その代わり。義理チョコ感は強まってしまうが。

「みんなでバーベキューやろうって言ったのは、貴哉くん？」

「じゃない。おじいちゃん。友だちを呼んでこういうのをやったらどうだ？　って。じゃあ、やろうかなって。金森さんが、転校するし」

「じゃあ、お別れ会でもあるんだ」

「引っ越すのは三月だから、早いけどね」

それでも、金森いろはちゃんはうれしいだろう。こういうのは、学校のクラスで行われるお別れ会よりもずっとうれしい。大きくなっても忘れない、かもしれない。

「すごいね。貴哉くん」

「何が？」

「いや、何か、すべてが」

貴哉くん、小五。大きくなってきて、そろそろ僕とくだけた話をしてくれなくなるのでは、と懸念していた。まだだいじょうぶらしい。というか。貴哉くんなら、このままずっとだいじょうぶなのかもしれない。思春期に入ったからといっていきなり冷たい態度をとる貴哉くんを想像できない。何せ、貴哉くんは今井さんのお孫さんなのだ。

「さあ、できたよ」とその今井さんから声がかかる。

容子さんがプラスチックのお皿によそい、子どもたちが食べはじめる。

「うめ〜」「熱っ！」「肉っ！」「にんじんが甘い」「ピーマンも甘い」「全部おいしい」「家じゃ無理」

郵便屋さんは時間がないから先に、と今井さんは僕の分だけ焼きそばをつくってくれた。焼きそばに野菜が載り、肉も載る。お皿に山盛りになる。

「お茶もどうぞ」

「ありがとうございます」

ペットボトルの緑茶だ。テーブルに何本も置かれている。

「いただきます」と言って、頂く。

焼いて即食べる。うまい。うまくないはずがない。鉄板。太麵。屋外。今井さん。マズくなる要素がない。

「あぁ。ほんと、おいしいです」と今井さんに言う。

「食べられるだけ食べて。じゃんじゃん焼くから」

「配達できるぎりぎりのところまでいただきます。動けるぎりぎりのところまで」

「ぜひ」

郵便屋が仕事の途中にバーベキュー。昼休憩にバーベキュー。さすがに罪悪感も出る。悪いことはしてないのに、出る。

そこで、これも仕事とばかり、訊いてみる。

「あの、今井さん」

「ん？」

「近くに、渋井さんというお宅がありますよね」

「林というか、森みたいになっちゃったお宅ね」

「はい。四葉四七の」

「うん。四七」

この今井さん宅は四葉五一。みつばとちがい、ここ四葉では番地の数字が必ずしも順々になっているわけではない。例えば、次は一つ飛ばして四葉五三の西田通久(にしだみちひさ)さん宅。前は四葉五〇の植木美代子(うえきみよこ)さん宅。その前は二つ飛ばして四葉四七、これが渋井清英さん宅、竹屋敷。数字は近くても、そこは四葉、それなりに離れてはいる。

「何かあった？」

「あ、いえ」このくらいはいいかと思い、言う。「久しぶりに郵便物が来たんですけど、いらっしゃらないようなので」

「あそこはもうずっといないね。あれじゃあ、ちょっと住めないしね」

「かなり前から、ですか？」

「かなり前だねぇ。あんなふうになって、十年は経つんじゃないかな。いや、十年じゃきかないか。二十年とかになるのかな。郵便屋さんがここに来たときは、もうああなってたでしょ？」

「なってました」

「家は、人が住まないとすぐに荒れちゃうからね」

「荒れちゃいますね」

「といって、あそこまでになるのも珍しいけど。竹は地下茎を広げるからね。一度掘り起こさないとダメだろうなぁ」

「住まれてた渋井さんのことは、ご存じですか？」

「うん。清英くんは知ってる。もうずっと会ってないけどね。最後は清英くんのお父さんが一人で住んでたよ」

「じゃあ、やっぱり今は誰も住んでないんですね」

「そうだね」そして今井さんはちょっと意外なことを言う。「あんな状態だからさ、たまにごみが投げ入れられてることがあってね。空缶とか、お菓子の空袋とか。ひどいときは、レジ袋に入ったお弁当の空箱とか。気がついたら拾うようにはしてるんだけど」

「拾うというのは、回収するということですか？」

「うん。持ち帰って、ウチで捨てる。ひどいよね。どう見ても空家とはいえ、人様のお宅にごみを捨てちゃうなんて」

それは僕も思うことがある。配達の際に畑のなかの道を走っていると、たまにごみを見かける。まさに空缶や空袋。歩きながら飲み食いした人がそのまま捨ててしまうのだと思う。道もダメだが、田畑はもっとダメ。食べものを育てるところにごみを捨てたらダメだろう。

と、そんないかにもなことを、僕はただ思うだけ。

今井さんはちがう。拾うのだ。そのちがいは大きい。だって僕は仕事中だから、とそれらしい理由を挙げることもできる。でもそれは言い訳だ。仕事中ではないとしても、残念ながら、僕は拾わない。拾えない。

拾える人は、たぶん、いちいちあれこれ考えないのだ。ごみが落ちているから拾う。それだけ。今井さん。やはり神。

貴哉くんにも言ったことを、今井さんにも言ってしまう。

「すごいですね」

「すごくないよ」とあっさり言われる。「ただ持ち帰って、分別して捨てるだけだからね」

それができないのだ、神以外には。今ここでも、僕は感心するだけ。じゃあ、このあと拾うかと言えば、拾わない。拾えない。

「さすがにあれじゃあ、庭にまでは入れないし。入れたとしても、人様のお宅の庭にズカズカ入るのはマズいからね。せいぜい、目につく車庫のところにあるごみをササッと拾うだけだよ」

「車庫のところに捨ててあるんですか？」

「うん」

「それは、いやですね」

「でしょ？　この辺りの住人として、ちょっと悲しくなる。拾いたくもなるよ」

それは、なる。せめてそんなごみを拾えるような人には、なりたい。

「はい。じゃ、お代わり」と今井さんが手を差しだしてくれるので、

「すいません」と空いた皿を渡す。

今井さんがその皿にまたよそってくれる。キャベツたっぷりの焼きそば。輪切りにされた玉ねぎ。ソーセージは、太いまま一本。あとはエビにイカ。また山盛りだ。

「はい。どうぞ」

「ありがとうございます。いただきます」

僕だけではない。子どもたちも、おしゃべりをしながらたくさん食べている。うまっ！　だの、太る～、だのの声も上がる。

邪魔にならないよう、僕はお皿のほかに緑茶のペットボトルも持って鉄板から離れ、再びベンチに座る。

この今井ランチをタダで頂くのはマズいなぁ。うまいのにマズいなぁ。と思いつつ、頂く。本当にうまい。二杯めでも。

右隣に誰かが座る。

見れば、容子さんだ。今井さんの娘さん。貴哉くんのお母さん。

「いやぁ。子ども八人は多いです。お父さんにまかせて、わたしもちょっと休憩」

「すいません。ただでさえ大勢なのに、無関係な僕まで」

「無関係じゃないですよ。いつも配達をしてもらってますし、三好さんのカレシさんでもありますし」

容子さんはたまきの大家さん。そのことも知っているのだ。

「って、ごめんなさい」

「はい？」

「えーと、今も、そうですよね？　カレシさんですよね？」

「そうです」

「よかった」と容子さんが笑う。「不用意に言っちゃって、もしちがってたら大変でした」

「だいじょうぶです。おかげさまで、無事続いてます」

「順調？」

「はい」大家さんだからいいよな、と思い、言う。「順調すぎて、下の横尾さんともちょっとした知り合いになりました」

「横尾さんて、カーサの？」

「はい。一〇一号室の。二度お話をさせていただいただけではありますけど」

「横尾さん。恐縮しちゃいますよ。ウチのアパートなんかに住んでいただいて。なんかにと言うのは三好さんに失礼ですけど。お父さんが本を頂いたりもしてます。ガスコンロを替えに行ったときだったかな。よろしければどうぞと、くださったらしくて。それからも何冊か頂いてます」

「そうなんですね」

「横尾さんは横尾さんで、気になさってたみたいで」

「何をですか？」

「働きに出るでもない丸刈りの自分があやしいやつだと思われるんじゃないか、と」

「あぁ。それで本を」

「すごいですよ、カーサ。作家さんが住んでるわ、入居者さんのカレシさんが春行さんの弟さんだわで」

「横尾さんはともかく。あとのほうは何でもないですよ。住んでるわけではないですし、春行本人でもないですし」

「まず三好さんを誇らなきゃいけませんね。三好さんも翻訳家さんなんだから」

「いえいえ。横尾さんとくらべたらもう月とすっぽんですよ」

「そんな」

「って、これ、本人が言ってました。三好自身、横尾さんのファンですし」

「そうなんですか」

「はい」

「わたしも、今度時間をつくって読まなきゃ」

「僕も読みました。おもしろかったです。ちょっと目覚めましたよ、読書に」

「じゃ、わたしも読みます。時間がないとか言ってないで」

容子さんが、手にしていたペットボトルの緑茶を飲む。

僕も焼きそばを食べ、ソーセージも食べ、緑茶を飲む。

「何か緊張しますよ、春行さんとお話をしてるみたいで」

「僕はただの郵便屋ですよ」

「ただのではないですよ。ここまで似てれば、たいていの人は気づきますよね？」

「これが案外気づかれないんですよ」

「そうなんですか？」

「こんなふうにヘルメットをとれば気づかれることもありますけど、普段はかぶってますし。それだけであまり気づかれなくなります」

「でも。気づいたときの驚きは大きいですよ」

それはあまり考えなかった。確かにそうかもしれない。だからこそ、あ、春行！の反応は意外と大きなものになるのだ。郵便屋が春行に似ていることを想定してないから。

「子どもたち、偉いですね。郵便屋さんを見ても、そんなには大騒ぎしないで」

「こんなものじゃないですかね。似てるとは思っても、まさか本物の弟だとは思わないでしょうし」

「みんな、知ってますよ」

「え、そうなんですか？」

「はい。結構有名ですもん。そういう話は広がりますよ。ご本人ではないから、そこまで大げさなことにはならないけど」

これまたそうかもしれない。実際、四葉小で騒ぎになりかけたこともある。配達に行った際、子どもたちに春行似を指摘されたのだ。すぐに先生が来てくれたので、騒ぎになるところまではいかなかったが。

「そうか。知ってたんですね」

「ええ。貴哉がみんなに頼んでました。もしあの郵便屋さんが来ても春行さんのサインをねだったりはしないでって」

「え、そうなんですか?」とまた同じことを言ってしまう。

「はい。仕事中だから迷惑だと思ったみたいですね」

「貴哉くんが、そんなことを」

すごい。やはり孫も神。

「何だか恥ずかしいです。仕事中といっても、こうやって焼きそばを頂いちゃってますし」

「休憩中じゃないですか」

「貴哉くんには、郵便屋は休憩が仕事だと思われそうですよ。いつもここで休ませていただいてる姿しか見せてませんし」

「そんなことないですよ。郵便屋さん、四葉小にも行きますよね?」

「はい」

「昼休みに配達に来てるのをよく見かけると言ってます。いつも校庭を職員室のところまで走ってるって。感心してますよ」

「あれはまさに、春行に似てるのをお子さんたちに気づかれないようにするためなんですけどね」

「学校以外のところで見かけるときもよく走ってると言ってます」

「それも、たまたま急いでただけだと思います。常に走ってるわけではないですし。モタモタしてはいられないというだけで」僕は続ける。「でも、そうですか、お子さんたちにも気をつかわせてたんですね。何か申し訳ないです」

「五年生にもなれば、そういうことを理解しますよ。それにこの辺りは、何て言うか、いい子が多いですし。わたしも、帰ってきてよかったです。あのタイミングで」

「福岡、でしたよね？」

「はい。博多です」

そのあたりのことも、今井さんから聞いている。容子さんはそちらへ嫁いだのだ。貴哉くんを産んだのもそこで。

「前はね、イシハラだったんですよ。名字」

石原さん、だったという。

「離婚したのは貴哉が小学校に上がる前ですけど。石原から今井に戻って。すごく考えました。そのままそこで一人でやっていくか、こっちに戻ってくるか。仕事はどうにかなりそうだから、一人でやっていく自信もなくはなかったんですけどね。お父さんの手紙で決めました。今を逃したらもう戻れないないなと思って」

今井さんが、容子さんに手紙を出したのだ。無理をしないで戻ってこい、ではなく、帰ってきてほしい、という手紙を。

「途中で転校させたくはなかったんですよね。向こうとこっちじゃ言葉もちがいますし。ただ、貴哉もそのころは人見知りが強くて。戻るなら戻るで、心配したんですよ。でもこんなふうにみんなと仲よくなれたから、ほんとによかった」

高台の四葉から臨むみつば。左方にムーンタワーみつばが見える。

最上階には鎌田めいさんがいて、一階には早野智美さんがいるのだな、と思う。

三十階建てで目につきやすいからその二人が頭に浮かんだだけ。みつばの町には、今や僕が一度では名前を挙げきれないほど多くの顔見知りが住んでいる。

カノジョもいるし、初恋の人もいる。配達人と受取人という関係でしかないのに不思議と近さを感じる片岡泉さんもいる。その片岡泉さんの口から出た、この町のダーリン、という言葉を思いだし、ちょっと笑う。

「手紙のことも、父から聞いてますよね？」と容子さんが言う。

一瞬、今井さんが容子さんに出した手紙のことかと思う。が、すぐにそうでないことに気づく。今井さんに、というか今井家に来た手紙のことだ。

「はい。伺ってます」

今井さんの奥さん、つまり容子さんの母親である藤子さんは、事故で亡くなった。高校生が乗る自転車とぶつかったのだ。

今井さんによれば、藤子さんが事故に遭ったのはそれが二度め。一度めは二十代のころ。そのときの相手は車だった。命に別条はなかったものの、藤子さんはひざをやられ、右足を引きずるようになった。

そして二度めは六十代。相手は自転車だったのに、亡くなった。ぶつかられて倒れた際、路面に頭を強く打ったのだ。

足が不自由であったことも影響していたらしい。その意味で、二つの事故はつながっていた。今井さんはそうとらえた。とらえざるを得なかった。

自転車に乗っていた高校生は、両親に連れられて謝りに来たという。その場には容子さんもいた。かなり怒ったそうだ。

手紙は、その高校生が今井さん宛に出したもの。いや、元高校生。その子が二十歳になったときに出したものだ。

今井さんはその手紙を読んだが、容子さんは読まなかった。

と、そこまでは聞いていた。

「わたしも読みました」と容子さんが言う。「最近ようやくですけど」

「そうですか」

「許すとは言えない。でも、受け入れてはいます。父と同じ」

今井さん自身がそう言っていた。許すことはないが受け入れたと。藤子さんはどう思うかを考えてみたという。一度めの車の大人を許したのに二度めの自転車の高校生を許さないはずがない。そんなふうに思えたのだそうだ。

まさにこの場所で今井さんからその話を聞いたあと、僕は藤子さんに線香を上げさせてもらった。

遺影も見た。藤子さんは笑っていた。今井さんがあえてその写真を遺影に選んだのではないだろう。藤子さんはいつも笑っている人だから、そういう写真しかなかったのだ。僕までもが、そんなふうに思えた。

「今もね、墓参りには来てくれてるみたいです。もちろん、会ったりはしませんけど。わたしたちが行くと、花が供えられてることがあります」

「そうなんですね」

容子さんがペットボトルの緑茶を飲む。

僕も飲む。

「あ、ごめんなさい。食べて」

「はい」

話が話なので、つい手を止めていた。

焼きそばを食べる。気温は低いが、まだ温かい。人が入れてくれた飲みものはいつだっておいしいが、人がつくってくれた食べものもいつだっておいしい。そう感じるのは、父が大晦日につくってくれた年越し蕎麦を食べて以来だ。

「これ、機会があったら郵便屋さんに言うつもりでいたんですよ」

「どうしてですか?」

「手紙を読みもしないなんていやな女だと思われちゃうから」

「そんなこと、思わないですよ」

「ウチに来たその手紙も、誰か郵便屋さんが配達してくれたんですね。平本さんでは、ないでしょ?」

「たぶん、ちがいます。そのころはまだみつば局にいなかったはずなので」

「手紙を出せばいいというものではないですよ。それで、はい、了解、気持ちは伝わりました、とはなりません」容子さんはしばらく黙り、こう続ける。「でも手書きの文字って、ちょっとは響きます。その人の顔が、見えてきますもん。お父さんにもらった手紙もそうでした」

その手紙のことを僕に話したと今井さんが容子さんに伝えているのか。そこまでは知らない。だから僕は何も言わない。

容子さんが言う。

「故郷。戻ってきちゃうんですよね。やっぱり」


車庫に車がある。当たり前のことだ。

配達区の家々でもそう。月曜日から金曜日まではない車が土曜日には駐まっていることもある。車通勤をしているのだ。反対に、土曜日は見なくなる車もある。休みなので出かけるのだ。

だから、車が駐まってる駐まってないでいちいち驚くことはない。

でもこのお宅だけは別。四葉四七。渋井清英さん宅。

駐まっているのだ！　車が！

えっ？　と思い、二度見した。いつもの感じで素通りしてから、戻った。郵便物があるわけでもないのに。

これは見逃せない。決死の居住確認をするしかない。

ターンした僕は、敷地の少し手前でバイクを停めた。

しばらくはシートに座ったまま、竹屋敷を観察した。

「よし」とつぶやき、降りた。

ヘルメットをとり、配達カバンとともにキャリーボックスに収め、カギをかける。

不退転の覚悟を決めたつもりだった。そう。井戸を掘るなら水の湧くまで掘れ、だ。

その次に来る、あきらめが肝心、もやや意識しつつ、竹屋敷に寄っていく。

車があるのだから人もいるだろう。車庫にごみを捨てるのとはちがう。いくら一目で空家とわかるとはいえ、無関係な人が車庫に勝手に車を駐めたりはしないはずだ。近くに何らかの施設があるわけでもないのだし。

まずは柵に寄り、その内側、庭を覗いてみる。

いつものように、家は見えない。地面すら見えない。

いきなりこれが来た。

ワンワン！

「うわっ」と声を上げてのけぞった。

飛びかかられる、と思った。それほど近くから聞こえたのだ。

猪でワンワンはない。犬。

幸い、飛びかかられることはなかった。いくら犬でもそれは無理。けもの道はないし、すき間もない。出てきようがない。

ワンワン！　は、計四セットで止んだ。僕が柵から離れたからだろう。

近づいたらまた同じことになる。だからそうはせず、道の真ん中を歩いて車庫へ向かった。駐まっているのは白の軽自動車。家の色とも似た、くすんだ白だ。車には詳しくないが、たぶん、かなり古い型。

車に犬。まちがいない。それで人がいないわけがない。大麻を栽培しているのかもしれないし、銃を密造しているのかもしれないが、とにかく人はいる。

車庫は決して広くないが、車が軽なので、歩くスペースはある。

足を踏み入れる。助手席側から行く。運転席側からだと、庭寄りになってしまうからだ。まだ犬への警戒は解けない。

わきを通る際、サイドウインドウ越しに車のなかを見る。

荷物は置かれていない。シートにカバーがかけられてもいない。装飾品の類も一切なし。その意味では、レンタカーのようにも見える。

木々の枝を手でどけながら車の後ろをまわり、玄関のドアに寄っていく。オレンジ色の古めかしいドアだ。

そして旧型チャイムのボタンを押す。ピンポンは鳴らない。

今回はここで初めて言う。平静を装って。

「こんにちは〜。郵便局で〜す。渋井さ〜ん、いらっしゃいますか〜」

言ってから、郵便物がないのに訪ねるのはやはり変かな、と不安になる。

いないならいないでいいか。いや、何ならいないほうが。

と思ったところでいきなりドアが開く。結構な速さで。クイッと。

顔を出したのは男性。六十代後半ぐらい。黒髪に白髪が三割ほど交ざった人だ。

どちらかといえば、やせ型。

間延びした口調から一転、今度は早口で言う。

「こんにちは。郵便局です」

男性はまじまじと僕の顔を見てから、言う。

「どうも」

「あの」

「はい」

「えーと、一月に、こちら渋井様宛に郵便物が来まして。その際にもお訪ねしたのですが、ご不在で。それは差出人様にお返しさせていただきました。今日は郵便物はないのですが、お車をお見かけしたので、もしかしたらいらっしゃるかと」

「あぁ。それで」

「はい。失礼ですが、居住確認をさせていただければと思いまして。渋井清英様、でよろしいですか？」

「うん。よく知ってるね」

「居住者様としてお名前はありますし、郵便物の宛名もそうなっていましたので」

「ちょっと待って。出るから」と渋井清英さんが言う。「このドア、古いやつだから、重いんだよね。支えてると手が疲れる。部屋の戸もちゃんと閉めてくるよ。犬が出ないように」

「はい」

ドアが閉まる。

どこにいるべきかな、と思う。ここ、玄関の前は広くない。木々の枝もすぐそばまで来ている。二人で立ち話をするには窮屈。

ということで、外に出た。また車の助手席側を通って、道路へ。

三十秒ほどで、渋井さんも出てきた。サンダル履きではない。黒い靴を履いている。サンダルはないのだと思う。住んでないから。

玄関付近は木々のせいで薄暗いが、外は明るい。まだ午後一時すぎ。陽も高い。三月で気温は低いが、すでに真冬の寒さはない。寒、寒、寒、寒、を唱えるのもお約束に近い。

陽の下であらためて見る渋井さんは、実に穏やかそうな人だ。大麻を栽培しそうではないし、銃を密造しそうでもない。どちらも絶対にしなそう、と言っていい。

「すいません。いきなりお訪ねして」

「いや、いいよ。ぼくは何をすれば？」

「こちらにお住まいになってるかどうかの確認だけさせていただければ。今後また郵便物が来たときにお入れしていいのかという」

「えーと、今、住んではいないけど。また住もうかと思ってる」

「そうですか」

「といっても、これじゃ住めないけどね。なかもだいぶガタが来てるよ。閉めきっておくとダメだね」渋井さんは庭に目を向けて言う。「木もさ、あっという間にこんなになっちゃったよ。といっても、そうなったのがもう二十年以上前の話だけど。自分でも驚いたよね。しばらく家を空けてたらこんなことになってて。竹は、すごいね」

「やっぱり、竹なんですか」

「うん。昔、父親が植えたの。庭の一角だけのつもりで。手入れしてるうちはよかったんだけど、その父親が死んで誰も住まなくなってからは凄まじいことに。切ってもすぐに生えてくるって話だし、ぼくが住むわけにもいかなかったから、ほうっておくしかなくて。でも、ほうっておきすぎた。すごいよね。家に見えないよな。というか、家が見えない」

「はい」とそこは言ってしまう。事実なので。

「そういえば。郵便物っていうのは、どこから？」

「えーと、すいません、そこまで記憶してはいませんが、どこかの会社さんだったと思います」

「何だろう。初めに勤めた会社かな。年金関係の何かとかで。いやね、今はぼく、さいたまにいるの。さいたま市」

「遠い、ですね。今日はこのお車で？」

「うん。トラを連れてこようと思って」

「トラ」

「犬」

「あぁ」

「犬なのに、トラ。カタカナのつもりではいるけど、漢字にしたら、寅年の寅。タイガーの虎じゃなくてね」

「室内犬ですか？」

「いや、柴犬。小さいけどね。豆柴ではない。いつもは外で飼ってるよ。ここなら、ほら、部屋のなかも荒れてるんで、入れちゃってもいいやと思って」

「車に乗せてきたんですか」

「うん。助手席。一応、つないではおいたけど、おとなしくしてたよ。踏切を通るときにちょっと吠えたくらいで。さっき吠えたのは、郵便屋さんが来たからかな」

「そうだと思います。すいません。いらっしゃるかと、柵に寄って庭を見てしまいました。近くにいるように聞こえたので驚きました」

「網戸にしてたからね。空気を入れ換えようと思って。その網戸も、もうボロボロだけど。あれじゃ、夏も役に立たないな。蚊がどんどん入ってきちゃうよ。雨戸は閉めてたのに、劣化、するもんだね。つかわなくても、時間が経つだけで、ものはダメになる。つかわないからこそか」

「これからはこちらに住まれる、ということですよね？」

「そうしようと思って様子を見に来たんだけど。なかなか厳しいね。住むなら、一からやらないと」

「今、郵便物は、さいたま市のお宅に届いてますか？」

「うん。配達してもらってるよ」

でもみつば局の原簿にも渋井清英さんの名前は載っている。残っている。

「では、渋井さんが転居なさったときに、わたしども郵便局のほうでお名前を消し忘れてしまったのかもしれません」

「でもぼく、郵便局さんに届みたいなものは出してないよ。引っ越した先でも、こんなふうに確認に来てくれたような気がする。さいたまでも、その前の札幌でも。

札幌でそうしてくれたから、さいたまでもそうしてくれるだろうと思っちゃったのかな」

「札幌にもいらしたんですか」

「かなり前ね。四十年前とか、そんな」そして渋井さんは言う。「ぼく、生まれはここなのよ。四葉。この家にずっと住んでた。一度建て直したのにこれだよ。時間は、経っちゃうね。まだ若い郵便屋さんにこんなことを言うのも何だけど」

「僕もそう思います。時間は、経っちゃいます」

「父親と母親と、三人で暮らしてたの。一人っ子。でも一人じゃさびしいだろうっていうんで、ぼくが小学生のときに犬を飼ってくれて。それもトラ。同じ柴犬」

「初代トラ、ですか」

「そう。初代」と渋井さんが笑う。「今のトラよりはもう少し大きかった。お手もお座りも覚えないバカ犬だったよ。かわいかったけどね。車に乗せるのは無理だったろうな。実際、乗せたことはなかったし」

父親は益英(ますひで)さんで、母親はたつ子さん。柴犬にトラと名づけたのは、益英さんかと思いきや、たつ子さんだという。

「母は早くに亡くなってね。ぼくが高校生のころだよ。もともと心臓に持病があって、あっさり逝っちゃった。トラも、それから三ヵ月ぐらいで、あとを追うように死んじゃったよ。だから、八年ぐらいしか生きなかったのかな」

「短い、ですよね」

「短いね。十五年生きる柴犬もいるから。で、ぼくは高校を出て就職したんだよね。一度転職して、二つめの会社で札幌に転勤になったの。すぐ戻れるかと思ったんだけど、そうでもなくて。父が一人でここに住んでた。でも何年かして亡くなった。母よりもっとあっさりだったよ。くも膜下出血。この家でそうなっちゃって」

「あぁ。そうなんですか」

「ぼくはね、札幌にいたの。忙しかったから電話もかけなくて。一週間気づかなかったんだよ、父が亡くなったことに。当時は携帯電話なんかないからさ、家に電話したんだよね。夜にかけてもつながらないんで、朝にかけたりもして。それでも出ないから、これはおかしいと思った。で、あわてて戻ってきて、父を見つけた」

さすがに何も言えない。そうですか、とも、あぁ、とも言えない。

「一週間ていうのも正確ではないよ。あとでお医者さんがそのくらいだろうと判断しただけ。まあ、死因はすぐにわかったから、警察が大々的に捜査するようなことにはならなかったけど」

それでも、一週間。そして、自ら発見。それはツラい。

「そのあと、今度はさいたまに転勤になってね。借家の平屋に住んだの。定年後も再雇用で六十五までは働かせてもらって。二年前にやめた。そこは小さい庭があるからさ、犬を飼おうと思ったんだよね。一人暮らしでも、仕事をしてなければ飼えるから」

「で、トラになったんですね」

「うん。初めはそんなつもりはなかったんだけど。いざ飼おうとなったら、やっぱり柴がいいなと思って、柴ならやっぱりそれがいいなとも思って、トラ」

「退職なさったときにこちらに戻ることは、考えなかったんですか？」

「考えなくはなかった。でもそのときはまだここに住む気にはならなかったよ。父が亡くなった家、自分が父の遺体を一週間も放置してた家、だからね。何とかしなきゃとは思ってたの。それでいて、実際に手をつけることはできなくてさ。父の遺品も、ほとんどそのままになってるよ。それが埃まみれになっていくのも、ツラいことはツラいんだけど」

　僕らのわきを一台の車が走っていく。

　ワンワン！　が来る。二代目トラだ。

　さいたまでも車が通るたびに吠えているわけではないだろう。たぶん、環境に慣れていないだけだ。四葉という町に。そして竹屋敷に。

「ただ。会社をやめて二年経って。時間ができたからいろいろ考えるようにもなって。気持ちも少し変わってきたよ。何だろうね。四葉のことというか、昔のことを思いだすようになった」

「昔のこと」

「うん。ぼくがここに住んでたころのことね」

ざっと計算し、言う。

「五十年ぐらい前、ですか」

「いや。それだとぼくは高校生だから、もっと前か。小学生のとき。六十年前」

六十年前！　僕が生まれる三十年前。僕の父や母さえ、まだ生まれてない。

「思いだすよ。そのころ、近所にマサモリくんとカズモリくんていう、ぼくより二歳上の兄弟がいてさ。双子だから、まったく見分けがつかないんだよね」

一卵性ということだ。黒木亜結ちゃん綾馬くんのような二卵性ではなく。

渋井さんは二人の名字まで教えてくれた。田宮(たみや)正守さんと和守さん、だ。

「ぼくがまだ小学生だったから、トラの散歩によく付き添ってくれたよ。たいていはどちらか一人だけど。それだとよくわからないんだよね。正守くんなのか、和守くんなのか。時々、だまされたりもして」

「だまされるんですか？」

「うん。ずっと正守くんだと思ってしゃべってたら、最後に、おれ実は和守、なんて言われるの」

「あぁ」

「でね、まだ終わりじゃないんだよ。次の日になって、今度は和守くんに言われるわけ。昨日行ったのは正守だよって。でも実はそう言ったその和守くんが正守くんだったりして。途中からはもうあきらめたね。二人で一人というか、どちらでも同じと思うようになった」

「一卵性の双子だと、本当にそっくりですもんね」

「うん。よく親はちゃんと見分けがつくなんて言うけど、実際にはそうじゃないこともあるみたいだしね。田宮のおばさんも言ってたよ、たまにわからなくなるって。正守くんと和守くんがそこでもふざけて母親をだまそうとしてたのかもしれないけどね」渋井さんは思いだし笑いをして言う。「今も、こうやって話してるうちに、どっちがお兄ちゃんだかわからなくなってきた。確か正守くんがお兄ちゃんのはずだけど、自信がなくなってきたよ。和守くんがお兄ちゃんだったかもしれない。まあ、それは、二人が双子だからじゃなく、ぼくの記憶力が衰えたせいなんだけど」

「六十年前、ですもんね」

「そう。住所は覚えてるよ。四葉四八」

「今はもうない番地ですね」

「うん。田宮さんは名古屋に引っ越して。そのあと、家もなくなったんだよね。取り壊して、更地にした。今はもう面影もないよ。空地というか、ただの草地。どこからどこまでが敷地だったのかもわからない」

「四葉五〇の植木さんのお宅とこちらとのあいだのどこか、ということですか？」

「そう。四九は縁起が悪いっていうんで番地自体がなくて、四八が田宮さん。道沿いは道沿いだよ」

「本当にわからないですね」

「草が伸びちゃってるからね。ウチはこうなっても柵があるからまだわかるけど。田宮さんのとこは柵もなかったんだ。必要がなかったから」

　四葉にはそんなお宅も多い。確かに、必要がないのだ。隣家と密接してないから。

「どうしてるんだろうなぁ、二人。正守くんと和守くん」

「名古屋に、いらっしゃるんですかね」

「どうだろう。名古屋からまたどこかに行ったのか。東京にいるのか」

「双子だからって同じ町にいるわけでもないでしょうしね」

「うん。その二人以外には、今井くんともよく遊んでもらったな」

「今井くんて、今井さんですか？　今井博利さん」

「そう。博利くん。よく知ってるね」

「配達をしてますので。たまに、お庭で休憩をさせてもらったりもします」

「そうか。あそこは広いもんね。博利くんは、正守くんと和守くんよりさらに二つ上でさ、ぼくよりは四歳上なの。今でも覚えてる。将棋を教えてもらったよ。小さかったころははさみ将棋で、少し大きくなってからは普通の将棋。初めて勝ったときはうれしかったなぁ。博利くんは、たぶん、わざと負けてくれたの。教え方もうまいんだけど、負けてくれ方もうまいんだよ。そうとはわからないようにやってくれるんだよね。実際、ぼくもそのときは実力で勝ったと思ってたし」

わかる。今井さんならやる。何せ、神だから。

正守くんに和守くんに、博利くん。渋井さんは皆のことをくん付けで呼ぶ。そういえば、こないだ話したとき、今井さんも渋井さんのことを清英くんと呼んでいた。

今井さんは七十代で、四歳下の渋井さんも六十代。それでも、子どものころから知っている人たちのことは、お互いくん付けで呼ぶのだ。

それも何となくわかる。僕も、たぶん、セトッチのことはこの先もずっとセトッチと呼ぶだろう。六十代になっても七十代になっても、セトッチはセトッチだ。

「郵便屋さんもこれは知らないだろうけど。博利くんの奥さんは、事故で亡くなってるんだよね。何年か前に、隣の植木さんに聞いたよ」

植木美代子さん。自身、早くにダンナさんを亡くし、一人で住んでいる人だ。ご本人からそう聞いた。

　言おうか言うまいか少し迷い、言う。

「知ってますよ。今井さんからお聞きしました」

「あ、ほんと？」

「はい」

　これはもう完全に今井さんの個人情報だが、渋井さんに話してしまう。今井さんは知らせたくもないだろうが、渋井さんは知っておきたいだろうと思って。

「今井さん、時々、ごみを拾われてるみたいです」

「ごみ？」

「はい。えーと、あの、こちらの車庫に、たまに空缶なんかが捨てられてることがあるみたいで。それを」

「あぁ。そうだろうね。これじゃ、捨てられてもしかたない」

「しかたなくはないと思いますけど」

「そのあたりはね、ぼくもずっと気にしてたんだ。ごみのことはともかく。たばこのポイ捨てなんかされたらあぶないなって。隣は近くないから火が移ることはないにしても、周りは少し焼けちゃうだろうからね。ずっと気にしてはいたんだけど、結局、動かなかった。でも、そうか、博利くんも気にかけてくれてたんだね。いいことを聞いたよ」

「すいません。余計なことを」

「ちっとも余計じゃないよ。聞けてよかった。博利くんは、昔も今も博利くんだ。これからは、自分でどうにかするよ。決めた。ここに戻るよ。トラと住む」

「ほんとですか？」

「うん。さっきはああ言ったけど、戻る。そのつもりで様子を見に来たんだから、そうするよ。木は刈って、家も直す」

昼休憩バーベキューのときに聞いた今井容子さんの言葉を思いだす。

故郷。戻ってきちゃうんですよね。やっぱり。

「またここに住むなら、郵便局さんに、ぼくは何をすればいい？」

「転居届をお出しいただけるとありがたいです。そうすれば、郵便物はこちらへ配達されるようになりますし、あちら宛のものもきちんと転送されますので」

「わかった。いついつと日にちがはっきり決まったら、そうさせてもらいます」

「お願いします」

四葉四七。渋井清英さん宅を見る。

事情を知ったからなのか何なのか。

これまでとはややちがって見える。

四葉の竹屋敷に穏やかな風が吹く。
穏やかだが、竹の葉はさわさわ言う。これだけあると、結構言う。
でもうるさくはない。不穏なさわさわでもない。まさに穏やかなさわさわ。いい音だ。
渋井さんがまたここに住むとしても。と僕は思う。
このさわさわが聞けるよう、少しは竹を残してほしいな。

㊟
この作品は、書下ろしです。
なお、本書に登場する会社等はすべて架空のものです。

みつばの郵便屋さん
階下の君は

小野寺史宜

2020年11月５日　第1刷発行

発行者　千葉 均
発行所　株式会社ポプラ社
〒102-8519　東京都千代田区麹町4-2-6
電話　03-5877-8109(営業)　03-5877-8112(編集)
ホームページ　www.poplar.co.jp
フォーマットデザイン　bookwall
校正　株式会社鷗来堂
印刷・製本　中央精版印刷株式会社

N.D.C.913/274p/15cm　ISBN978-4-591-16829-5

落丁・乱丁本はお取り替えいたします。小社宛にご連絡ください。
電話番号　0120-666-553
受付時間は月～金曜日、9時～17時です(祝日・休日は除く)。

P8101418

ポプラ文庫好評既刊

みつばの郵便屋さん

小野寺史宜

郵便配達員・平本秋宏には年子の兄弟がいて、今やちょっとした人気タレント。一方、秋宏は顔は兄とそっくりだが、性格はいたって地味、なるべく目立たないようにしているのだが……。「あれ、誰かに似ていない?」季節を駆け抜ける郵便屋さんがはこぶ、小さな奇蹟の物語。

ポプラ文庫好評既刊

東京放浪

小野寺史宜

目立たぬ森君に、ちょっとした武勇伝ができた。入社3年、顧客と衝突して会社を辞めたのだ。勢いで休暇がわりの放浪生活を始めたが、一宿を乞うた友人のアパートで樹里ちゃんという5歳の女の子を預かる破目に――。26歳の新たな旅立ちを描いた、爽やかな青春小説!

ポプラ文庫好評既刊

ナオタの星

小野寺史宜

会社を辞めてシナリオ作家を目指すナオタ（小倉直丈）は、新人賞に応募し続けるが落選ばかり。そんな折、プロ野球選手として活躍する小学校時代の級友から奇妙な仕事を頼まれる——。20年ぶりの再会がもたらす思いがけぬ人生の展開、胸を揺さぶる傑作青春小説！

ポプラ文庫好評既刊

太郎とさくら

小野寺史宜

太郎は姉さくらの結婚式に出るため、久しぶりに故郷に帰った。平凡ながら温かい結婚式、無事に終わるかと思ったが「珍客」があらわれ……。小さな漁港の街と東京を行き来しながら、太郎は身近な人たちの思いに気づいていく。離れて暮らす家族の新たな旅立ちの物語。